삶의 변화는 ─────

내면의 변화로부터 시작된다

삶의 변화는
내면의 변화로부터 시작된다

초판 1쇄 발행   2024. 6. 26.

지은이 이용덕
펴낸이 김병호
펴낸곳 주식회사 바른북스

편집진행 박하연
디자인 양헌경

등록 2019년 4월 3일 제2019-000040호
주소 서울시 성동구 연무장5길 9-16, 301호 (성수동2가, 블루스톤타워)
대표전화 070-7857-9719 | **경영지원** 02-3409-9719 | **팩스** 070-7610-9820

•바른북스는 여러분의 다양한 아이디어와 원고 투고를 설레는 마음으로 기다리고 있습니다.

이메일 barunbooks21@naver.com | **원고투고** barunbooks21@naver.com
홈페이지 www.barunbooks.com | **공식 블로그** blog.naver.com/barunbooks7
공식 포스트 post.naver.com/barunbooks7 | **페이스북** facebook.com/barunbooks7

ⓒ 이용덕, 2024
ISBN 979-11-7263-050-8 03810

Change in life

begins with

inner change

삶의 변화는 내면의 변화로부터 시작된다

이용덕 에세이

자신의 내면을 깨닫지 못하면
똑같은 삶의 굴레에서 벗어날 수 없다.

문제의 본질은 그렇게 생각하는 나에게 있다.
이제는 외부의 환경이 아닌 나에게 질문을 해보자.

똑같은북스

　　　　　　　　나는 말을 아낀다. 그 이유는 사람들이
내 생각을 들었을 때 이해하고 공감하기 어려울 것이란 사실을 어느
정도 인지하고 있기 때문이다. 그래서 사람들에게 내가 아닌 모습을
보여주려 하기보다는 침묵하는 것을 선택하기로 한 것이다. 사람들
이 내 글을 읽고 얼마나 이해하고 공감할 수 있을지는 잘 모르겠다.
그럼에도 불구하고 이 책을 출판하게 된 이유는 분명 필요한 사람들
이 있을 거라는 생각이 들었기 때문이었다. 과거에 나처럼 마음이 너
무 고통스러워서 어떻게든 자신을 극복해야만 하는 사람들이 분명
존재할 것이기 때문이다.

　내가 쓴 글은 살기 위한 글이다. 지금의 순간이 너무 괴로워서 어
떻게든 자신을 극복해야만 했던 과정 속에서 탄생된 글이기 때문이
다. 나는 이 책의 내용들을 떠올릴 정도로 나 자신을 정말 미워했었

고, 내 삶을 사랑하지 못했었다. 나는 고통에서 벗어나기 위해 나를 용서해야만 했고, 내가 가진 문제점들을 깊이 들여다보며, 나를 변화시켜야만 했다. 그래서 내 글은 고통을 통해 자신의 내면을 깊이 들여다본 사람만이 공감할 수 있는 글이다.

현재 나는 과거에 고통받았던 시간들을 다행으로 여긴다. 그 이유는 고통을 극복하는 과정에서 모든 문제의 본질은 결국 나에게 있다는 사실을 깨달았기 때문이다. 과거에 나는 힘들어질 때마다 외부의 환경을 탓했었고, 주변 사람들을 탓했었다. 하지만 환경이 바뀌고, 주변 사람들이 바뀌어도 똑같은 문제의 흐름은 반복되었다. 결국 내가 변하지 못하니 내 삶도 변하지 못했다. 나는 그랬던 과거를 통해 누군가를 탓하며 보내는 시간은 내 삶에 전혀 도움이 되지 못한다는 사실을 깨달았다. 그 시간에 나의 부족한 부분들을 돌아보고 나를 발전시켜 나가는 것이 앞으로의 삶을 개선하는 데 조금이라도 도움이 될 수 있다는 사실을 알게 되었다.

내 삶이 지금보다 더 나아지길 바란다면, 자기 자신을 지금보다 더 나은 사람으로 성장시켜야 한다. 내가 그만한 사람이 되지 못하면 내 삶은 근본적으로 개선되지 않는다. 나는 나를 변화시키고 나서 부러운 사람들이 많이 사라졌다. 그만큼 삶에 대한 행복감과 만족감이 높아졌기 때문이다. 오히려 주변 사람들에게 자신을 자랑하고 다니는 사람들이 안타까워 보일 때도 있다. 그 이유는 자신이 정말 행복하고 만족스럽다고 느낀다면 타인에게 자랑하고 다니지 않을 것이기 때문이다.

나는 사람이 변화하고 성장해야 하는 이유는 지금보다 더 편해지기 위해서라고 생각한다. 문제점을 안고 살아가면 결국 본인만 힘들기 때문이다. 인류가 발전하는 이유를 살펴보아도 결국 지금보다 더 편해지기 위한 마음 때문이다. 지금의 나를 변화시키기 위해서는 나의 문제점을 정확하게 파악할 수 있어야 한다. 나를 파악하기 위해서는 그렇게 생각하고 있는 나를 알아가려는 자세가 필요하다. 따라서 내 글을 이해하기 위해서는 눈에 보이는 상황을 판단하려는 관점이 아니라, 그렇게 상황을 해석하고 있는 나를 알아가려는 관점으로 바라보아야 한다.

나는 내 글이 정답이라고 생각하지 않는다. 왜냐하면 나는 지금보다 더 나은 생각을 가지고 싶기 때문이다. 하지만 이 글이 현재의 자신을 돌아보도록 만들고 발전적인 방향으로 이끌어 낼 수 있는 글이라고는 생각한다. 그래서 나는 이 글이 각자의 해답을 찾아가는 데 작게나마 영감을 줄 수 있는 글이 되었으면 하는 바람이다. 내 글에 동의해도 좋고 비판해도 좋다. 어떤 방향이든 이 글을 통해 자신에 대해 한 번 더 생각할 수 있는 계기의 시간이 되었으면 좋겠다.

Part 3.

인간관계는 결국 자기 자신과의 관계이다

Part 1

내가 변해야 삶이 변한다

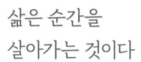

삶은 순간을
살아가는 것이다

삶을 살아간다는 것은 무엇일까? 나는 삶은 순간을 살아가는 것이라고 생각한다. 그 이유는 삶에는 언제 있을지 모를 죽음이란 끝이 존재하기 때문이다. 그 순간 영원할 것 같지만 죽음으로 모든 것을 잃게 되는 것이 사람의 삶이다. 따라서 사람이 영원히 소유할 수 있는 것은 아무것도 존재하지 않는다. 결국 자기 자신과도 이별하게 되는 것이 우리의 삶인 것이다. 우리는 단지 생명이 붙어 있는 시간까지 주어진 것들을 활용하는 시간을 보내는 것뿐이다. 그래서 삶을 잘 살아간다는 것은 매 순간 자신에게 주어지는 것들을 잘 활용하고, 잘 누리는 것이라고 생각한다.

삶은 우리에게 매 순간 기회를 준다. 그 기회는 바로 지금 이 순간을 누릴 수 있는 기회이다. 하지만 우리는 그 기회를 잘 깨닫지 못한다. 그 이유는 자신의 죽음을 망각하고 살아가고 있기 때문이다. 자신의 죽음을 망각하고 있기 때문에 내일이 보장된 것처럼 삶을 살아가게 되는 것이다. 그 결과로 우리는 지금 이 순간을 미래를 위한 제물로 삼는 것에 익숙해져 있다.

사람이 자신의 죽음을 망각하고 살아가는 이유는 무엇일까? 그 이유는 바로 죽음은 떠올리고 싶지 않을 만큼 두려운 과정이기 때문이라고 생각한다. 사람에게 있어 죽음은 두렵고 외면하고 싶은 것일 수 있다. 하지만 삶을 살 수 있도록 만들어 주는 것 또한 죽음이다. 죽음은 미래에 마음을 두고 살고 있는 우리에게 지금 이 순간의 소중함을 일깨워 준다. 지금 이 순간의 소중함을 깨달았을 때, 지금 이 순간을 살아갈 수 있게 되는 것이다. 지금 이 순간에 충실하지 못하면, 미래에도 충실할 수 없다. 이것은 환경적 조건의 차이가 아닌 삶을 바라보는 태도의 차이이기 때문이다. 내 삶을 사랑하는 것은 바로 지금 이 순간을 소중하고 아름답게 바라보는 것이다.

삶은 비연속적이다. 따라서 삶을 누릴 수 있는 가장 좋은 기회는 바로 지금 이 순간이다. 숨을 쉬고 있다는 것 자체가 삶을 누릴 수 있는 기회가 부여된 것이라고 할 수 있다. 나는 이 기회를 헛되이 생각하지 않기 위해 죽기 전에 내가 찾아와 말을 걸어주는 상상을 해 본다.

우리는 항상 기회 속에서 살고 있다. 단지, 내가 깨닫지 못하고 살아가고 있을 뿐이다.

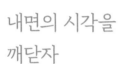

내면의 시각을
깨닫자

사람이 세상을 바라볼 때는 각자가 가지고 있는 지식, 고정관념, 성향과 같은 것들을 토대로 세상을 바라본다. 그래서 여러 사람이 똑같은 상황을 보고 있더라도 각자가 가지고 있는 시각의 토대가 다르기 때문에 보여지는 것이 달라질 수밖에 없다.

세상은 내가 아는 만큼 보이고 생각하고 싶은 대로 눈에 들어온다. 그렇기에 현재 나에게 보여지는 세상이 세상의 전부라고 단정지어서는 안 된다. 지금 내가 가진 시각의 토대가 변하면 보이는 세상도 다르게 변할 것이기 때문이다.

내가 느끼는 모든 것들은 내 시각에 따른 해석에 의해서 결정된다. 이것을 토대로 나의 행위를 결정하게 된다. 그래서 내가 가진 시각이 변하면 그에 따른 내 행동도 변하게 된다. 그렇기에 삶을 근본적으로 개선시키고 싶다면 외부적 환경 변화에만 집중하는 것이 아니라 자신이 가지고 있는 시각을 깨달아 가야 한다. 내가 어떤 시각을 가진 사람인지를 깨닫게 되면 현재 나를 힘들게 하는 문제의 본질을 깨달을 수 있다. 현재 자신이 가지고 있는 시각을 깨닫고, 더 좋은 시각을 가질 수 있도록 만들어 가는 것이 내면의 성장이다. 이러한 내면의 성장은 마치, 기존의 렌즈를 벗고 새로운 렌즈를 장착하는 것과 같다. 더 나은 삶은 더 나은 시각으로부터 만들어진다.

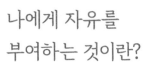

나에게 자유를
부여하는 것이란?

　삶에서 부여된 유일한 자유는 생각의 자유이다. 세상은 내 뜻대로 통제할 수 없지만 그것을 받아들이는 태도와 관점은 내가 선택할 수 있다. 우리가 매 순간 선택하고 있는 태도와 관점은 자신의 내면으로부터 만들어진다. 그래서 자유로운 태도와 관점을 가지기 위해서는 자신의 내면을 자유롭게 여행할 수 있어야 한다. 자신을 받아들이지 못하는 영역이 많으면 많을수록 내면을 여행할 수 있는 범위가 좁아진다.

　자신이 받아들이지 못하고 있는 내면의 영역은 마치 몸에 박힌 가시와 같다. 그 이유는 세상을 바라볼 때 그 영역을 스치게 되면 통증이 발생되기 때문이다. 그래서 자신을 부정하는 영역이 많으면 많을수록 불편하고 한정적인 시각을 가지고 세상을 바라보게 된다. 따라서 나를 용서하고 받아들이는 것은 나에게 자유를 부여하는 것과 같다고 할 수 있다. 나에게서 자유로워야 세상을 자유롭게 바라볼 수 있다.

　사람은 자신으로부터 자유로울 때 진정한 자유로움을 느낀다. 그만큼 마음에 걸리는 것들이 사라지기 때문이다. 따라서 최고의 자유는 자신으로부터 자유로운 것이다. 나를 아프게 하는 것도 결국 나의 선택이란 것을 깨닫게 되면, 아무도 내 허락 없이는 나를 아프게 할 수 없다는 것도 깨달을 수 있다.

자존감은
생각의 뿌리가 된다

사람에게는 인정을 받고 싶어 하는 욕구가 있다. 그 욕구에 맞게 사람이 인정을 받을 수 있는 방법에는 두 가지가 있다. 첫 번째는 자신에게 인정을 받는 방법이고, 두 번째는 타인에게 인정을 받는 방법이다. 현재 나의 자존감을 파악하고 싶다면 나는 누구의 인정을 받길 원하는지를 파악하면 된다. 자존감이 높은 사람은 첫 번째 방법을 추구하는 사람이다. 사람은 자신의 가치를 인정해 주지 못하면 타인으로부터 자신의 가치를 인정받으려 한다. 이 부분은 생각의 뿌리가 된다.

자신의 가치를 충분히 인정해 주고 있다면 타인에게 잘 보이기 위한 것이 아니라, 자신이 진정으로 원하는 것들을 생각하고, 자신에게 인정받기 위한 방향의 생각을 하게 될 것이다. 이와 반대로 자신의 가치를 충분히 인정해 주지 못하고 있다면 타인에게 인정받기 위한 방향으로 생각이 흘러갈 것이다. 그래서 자존감이 낮으면 타인에게 보여지는 것에 집착하게 될 수밖에 없다.

　나는 어떤 의도로 생각하고 움직이고 있는 것인지를 잘 생각해보자. 내가 원하는 삶을 살고 싶다면 자기 자신을 진정으로 존중해줄 수 있어야 한다.

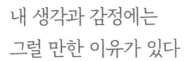

내 생각과 감정에는
그럴 만한 이유가 있다

사람이 의식하고 있는 영역을 흔히들 '빙산의 일각에 불과하다'고 표현한다. 이러한 표현처럼 현재 내가 의식하고 있는 것들이 나의 전부일 것 같지만, 사실은 나의 깊은 내면으로부터 비롯된 작은 일부분에 불과하다. 사람이 의식하고 있는 것들에는 자기 자신도 알아차리기 힘든 자신만의 합당한 이유가 내면 속에 존재한다. 그동안 의식하지 못했던 그 영역들을 조금씩 알아나가는 것이 자신을 알아가는 과정이라고 할 수 있다.

나는 완벽주의 성향을 가지고 있었다. 무엇이든 완벽하려는 강박에 스스로가 지쳤기 때문에 그 성향을 바꾸고 싶었다. 하지만 잘 바뀌지 않았다. 그 당시 내가 변화에 실패했던 이유는 완벽주의 성향 자체에만 관심을 가졌기 때문이었다. 사실은 내가 완벽함을 생각할 수밖에 없었던 이유가 내면 속에 숨겨져 있었다. 나는 자신을 인정해 주지 못했기 때문에 타인의 인정을 받아야만 했다. 그래서 나는 남들에게 인정받기 위해 더욱 완벽한 모습을 보여야 했던 것이었다. 그랬던 나의 내면을 이해하게 되므로 자기 자신을 인정해 주기 위해 많이 노력하기 시작했다. 그 결과로 완벽해야 한다는 생각이 많이 사라지게 되었고 한 번씩 과거의 완벽주의 성향이 드러나면 '내가 나를 인정해 주지 못해서 타인에게 잘 보이려 하는구나'를 인지할 수 있게 되었다.

이처럼 자신을 이해하기 위해서는 자신의 내면을 이해할 수 있어야 한다. 자신의 내면을 누구보다 깊게 들여다볼 수 있으며, 깊게 이해해 줄 수 있는 사람은 자기 자신밖에 없다. 타인이 나를 알 수 있는 영역은 한계점이 존재한다. 그렇기에 타인이 나의 겉모습만 보고 쉽게 판단하는 말에 자기 자신을 단정 짓지 말자. 타인에게 비춰지는 나의 모습이 나의 전부는 아니다.

자신을 변화시키기 위해서는 자신이 가진 문제를 정확하게 볼 수 있어야 한다. 표면적으로 드러난 것만으로 자신을 이해하려 해서는 문제의 본질을 찾을 수 없다. 내가 그렇게 생각하고 행동할 수밖에 없었던 이유를 알아가는 것이 중요하다. 우리가 내면의 변화가 필요한 이유는 타인에게 잘 보이기 위해서도 아닌 결국 내가 편해지기 위해서다. 문제점들을 안고 살아가면 결국 내가 힘들다.

삶을
극복하기 위한 태도

삶은 예측할 수 없고 통제할 수 없는 일들로 가득하다. 내가 했던 노력이 무심해질 정도로 인과관계 성립되지 않는 일들도 많다. 이러한 우리의 삶을 극복하기 위해서는 어떤 마음의 자세가 필요할까?

'회복 탄력성'이란 단어가 있다. 회복 탄력성은 위기를 기회로 보는 눈이다. 삶에서 유일한 자유는 상황을 바라보는 태도와 관점의 자유라고 할 수 있다. 현재 마주한 상황에 대해서 '성장의 기회로 삼을 것인지?' 아니면 '핑곗거리를 찾을 것인지?'는 우리의 선택에 달려 있다는 것이다. 회복 탄력성이 높은 사람은 주어진 상황을 성장의 기회로 바라볼 수 있는 사람이다. 그래서 똑같이 불행한 상황을 겪게 되더라도 회복 탄력성이 높은 사람은 그것을 발판으로 더욱 성장할 수 있게 된다.

그렇다면 이러한 회복 탄력성은 어떻게 높일 수 있을까? 그것은 바로 자신에게 주어진 삶을 있는 그대로 받아들이고 소중히 여기려는 태도를 가지는 것이다. 자신의 삶을 있는 그대로 받아들이고 소중히 여기려는 태도가 매 순간을 기회적인 시각으로 바라볼 수 있도록 만들어 준다. 삶을 극복할 수 있는 태도는 결국 내 삶이 내 뜻과는 다르게 흘러감에도 불구하고 그 삶을 자신의 삶으로서 사랑하려는 태도이다.

삶에서 발생되는 좋은 상황과 나쁜 상황이 외부적 요건에 의해서 결정되는 것 같지만 사실은 내가 어떤 의미를 부여하는지에 따라서 결정이 된다. 어차피 마주한 상황이라면 어떤 의미를 부여하는 것이 나를 더욱 이롭게 만들 것인지를 생각해 보자.

자존감은 지식으로
높아지는 것이 아니다

자존감의 뜻은 '자신을 어떻게 평가하는지?'에 대한 마음이다. 이러한 자존감의 뜻과 같이 자존감의 높낮이는 자기 자신을 바라보는 시각에 의해서 결정된다. 그렇다면 자신을 가치 있는 존재로 바라보기 위해서는 어떠한 노력이 필요할까? 자존감을 보통 몸의 근육에 빗대어 마음의 근력이라고도 표현한다. 근육으로 빗댄 표현처럼 마음의 근육을 키우기 위해서는 몸에 근육을 키울 때와 같이 상처받고 회복되는 경험이 필요하다. 따라서 자존감을 높이기 위해서는 상처받은 마음을 자신을 존중하고 사랑함으로 회복되는 경험이 필요한 것이다. 많은 상처를 극복한 사람은 어떤 상황에서도 자신의 가치를 깎아내리지 않게 된다. 자존감은 단순히 책만 읽는다고 해서 높아지는 것이 아니다. 책만 읽는 것은 마치 운동은 하지 않고 운동에 관한 책만 읽는 것과 같다. 지식도 중요하지만 경험이 없이는 빛을 발할 수가 없다.

살면서 겪게 되는 많은 아픔 속에서 자신을 더욱 사랑하고 존중하게 되는 경험이 자존감을 높여줄 것이다. 그렇기에 마음의 상처가 꼭 나쁜 것만은 아니다. 그것을 극복하면 그전보다 더욱 성숙한 사람으로서 살아갈 수 있다. 자존감의 높낮이는 타인이 결정하는 것이 아니라 내가 결정하는 것이기에 아무도 내 허락 없이는 나의 자존감을 깎아내리지 못한다. 그렇기에 세상 모든 사람이 나를 외면하더라도 나만큼은 나의 가치를 인정해 줄 수 있는 마음을 만들어 가자.

오만 원짜리 지폐가 아무리 구겨져도 그 가치는 상실되지 않는 것처럼, 아무리 내가 상처받을지라도 내 존재의 가치가 상실되는 것은 아니다.

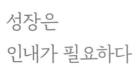

성장은
인내가 필요하다

작은 온도의 차이가 물을 끓도록 만든다. 사람의 성장도 이와 비슷하다고 할 수 있다. 미세함이 더해져 고민에 대한 깨달음을 얻고, 미세함이 더해져 노력에 대한 결실을 맺도록 만든다. 이렇듯 사람이 한 단계 더 성장하고, 노력의 결실을 맺기 위해서는 인내의 기간이 필요하다. 따라서 사람의 성장곡선은 마치 계단 형식과 비슷하다고 할 수 있다.

지금 당장 눈에 보이는 성과가 없다고 해서 그동안 했던 노력들을 헛된 것으로 생각하지 말자. 지금까지의 과정은 앞으로를 위한 과정 속에 있는 것이기 때문이다. 삶의 모든 경험은 서로 다 연결이 되어 있다. 전혀 상관없게 생각되는 경험도 서로 연결이 되어 영감을 주기도 한다. 그렇기에 모든 시도에는 의미가 있고 가치가 있다.

물을 끓이는 도중에 불을 끄면 물은 끓을 수 없다. 이처럼 내가 포기만 하지 않는다면 지금까지의 과정이 빛을 발하는 순간이 분명 찾아올 것이다. 작은 미세함이 더해질 수 있도록 인내할 수 있는 사람만이 한 단계 더 성장할 수 있게 된다.

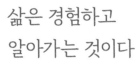

삶은 경험하고
알아가는 것이다

우리가 삶을 계획할 때 흔히 하는 실수가 있다. 그 실수는 바로 현재의 생각만으로 남은 삶에 모든 것을 계획하려 한다는 것이다. 사람은 가지고 있는 지식과 경험 안에서 계획을 세울 수 있다. 그래서 지금보다 더 나은 지식과 경험이 쌓이면 그에 따른 더 나은 계획들이 생겨나게 된다. 그렇기에 미래를 계획할 때는 현재 온전하지 못한 자신의 생각을 염두에 두어야 한다.

누구나 자신이 원하는 삶을 살아가길 원한다. 하지만 자신이 원하는 삶도 자신에 대해 아는 것만큼 계획할 수 있다. 따라서 자신이 원하는 삶을 살아가기 위해서는 자신을 알아가는 과정이 꼭 필요하다. 어떤 삶을 살아야 할지 잘 모르겠다면 새로운 일에 도전하고, 새로운 사람들을 만나면서 자신을 알아가는 시간을 가져보자. 나를 알려고 노력할 때 나를 알 수 있고 내가 원하는 삶을 계획할 수 있다. 내가 노력하지 않으면 더 나은 계획은 나올 수 없다.

삶은 미리 정해놓는 것이 아니라 경험하면서 알아가는 것이다. 계획에 너무 집착하면 한 가지 틀로 삶을 가두는 것이 돼버린다. 그렇기에 지금의 생각만으로 모든 것을 결정하려 하지 말자. 그리고 자신의 미래가 불행할 것이라 미리 단정 짓지도 말자. 좋은 상황도 내 생각대로 흘러가지 않지만, 불행한 상황도 내 생각대로만 흘러가지 않는다. 현재의 시점이 미래를 놓고 보았을 때, 어떤 의미 있는 시점이 되어 있을지는 아무도 모른다. 무언가를 쉽게 단정 짓기에는 우리는 아직 모르는 것이 너무나 많다.

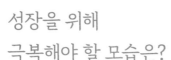

성장을 위해
극복해야 할 모습은?

사람에게는 변화를 통해 성장하고 싶은 마음과 변화를 거부하고 익숙함에 머물러 있고 싶어 하는 마음이 공존한다. 둘 중 어떤 마음이 큰지에 따라서 성장의 유무가 결정된다고 할 수 있다. 성장은 현재의 틀을 깨트리고 새로운 틀을 만들어 가는 과정이다. 그래서 성장을 하기 위해서는 변화를 거부하고 익숙함에 머물러 있으려 하는 마음을 극복해야 한다.

지금과는 다른 삶을 원한다면, 지금과는 다른 틀을 가진 사람이 되어야 한다. 변화가 두려워서 아무것도 시도하지 않으면 내 삶에 아무런 변화가 일어나지 않는다. 그렇기에 성장을 위해서는 현재의 나 자신과 이별할 용기가 있어야 하고 변화의 어색함에 익숙해져야 한다.

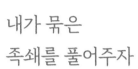

내가 묶은
족쇄를 풀어주자

사람이 한 단계 더 발전하기 위해서는 제일 먼저 자신의 발전 가능성부터 열어두어야 한다. 자기 자신에 대한 한계점을 미리 잡아둔다면 그 이상으로 발전할 수 없다. 그래서 나는 사람의 성장을 가장 방해하는 것은 '나는 원래 이런 사람이라서'와 같은 내가 나에게 가지는 고정관념과 편견이라고 생각한다.

주변 사람들이 나를 '이런 사람'이라고 단정 짓는 말을 하더라도 나만큼은 나를 믿어주려는 마음을 가지고 있어야 자신을 그 이상으로 발전시킬 수 있다. 성공한 스포츠 스타들 가운데도 어린 시절 스카우터들에게 재능이 없다고 거절을 당했던 사례들이 많다. 그럼에도 불구하고 그 선수들이 자신의 능력을 꽃피울 수 있었던 배경에는 자신을 믿어주려는 마음이 있었기 때문이다. 사람은 자신을 믿어주는 만큼 그 능력을 발휘할 수 있다.

사람은 죽을 때까지 자신에 대해 다 알지 못하고 죽는다. 따라서 자기 자신도 모를 만큼 사람의 발전 가능성은 무궁무진하다. 그렇기에 무언가를 도전할 일이 생겼을 때 '나는 원래 이런 사람이라서'와 같은 생각으로 스스로를 묶어두려 하기보다는 자신의 발전 가능성을 열어두고 일단 부딪쳐 보려는 용기가 필요하다. 스스로가 잡아둔 한계점의 생각을 깨트릴 수 있어야 그 이상으로 발전할 수 있게 된다. 앞으로의 삶에 내 능력을 마음껏 발휘하기 위해 자기 자신에게 채워두었던 고정관념과 편견의 족쇄를 풀어주자.

시작의 두려움을
이겨내자

새로운 것을 시작하는 것은 언제나 두렵다. 하지만 그 두려움 때문에 시작하지 못하면 내 인생에 아무런 일도 일어나지 않는다. 삶의 변화를 위한 과정 속에는 항상 시작의 두려움을 이겨내는 과정이 포함되어 있다. 지금과는 다른 삶을 원한다면 익숙한 것에서 벗어날 수 있어야 한다.

사람은 새로운 것들을 시도하고 경험하는 과정 속에서 새로운 자신의 모습들을 발견할 수 있게 된다. 그렇기에 시작을 두렵게만 생각할 것이 아니라 새로운 자신을 만날 수 있다는 것에 대한 설렘을 가져보자.

행복과 불행은
함께 존재한다

세상에 좋은 것이 존재하는 이유는 나쁜 것이 존재하기 때문이다. 이와 같이 삶의 행복이 존재하는 이유는 불행이 존재하기 때문이다. 만약 이 두 가지 중에서 한 가지라도 없게 된다면 이 두 가지는 존재할 수 없게 된다. 그렇기에 삶에서 행복만을 바라는 것은 모순적인 생각이다. 자신의 삶을 사랑한다는 것은 자신의 삶 속에 존재하는 행복과 불행을 모두 있는 그대로 받아들인다는 것이다.

때로는 불행을 통해 행복을 깨닫기도 하고 행복을 통해 불행을 깨닫기도 한다. 그만큼의 불행을 느껴보지 못한 사람이 그만큼의 행복을 느껴볼 수 있을까? 따라서 행복을 느끼기 위한 길 속에서는 불행은 항상 존재하게 된다는 사실을 깨달아야 한다.

깨달음은
퍼즐을 맞추는 것과 같다

깨달음이 한순간에 얻어지는 것 같지만 사실은 그동안의 고민들이 마치 퍼즐처럼 맞추어지며 얻어지게 되는 것이다. 그렇기에 아무런 노력과 시도 없이 갑자기 얻어지는 깨달음은 없다.

현재 내가 고민하고 있는 부분들이 마치 퍼즐처럼 맞아떨어질 때가 분명 있을 것이다. 그렇기에 지금 노력하고 있는 이 시간들을 가치 있는 시간으로 바라보자. 지금 내가 걷고 있는 이 과정은 필요한 과정 속에 있는 것이다.

상처가 생김으로 성장한다

근육을 키우기 위해서는 근육에 상처가 생기는 운동이 필요하다. 이처럼 지금보다 더 나은 나의 모습을 만들기 위해서는 현재의 자신을 깨트릴 수 있는 움직임이 필요하다. 기존의 틀을 깨지 못하면 새로운 틀을 만들 수 없다. 고통은 현재의 문제점을 돌아볼 수 있도록 하며, 현재의 자기 자신을 변화시킬 계기를 만들어 준다. 그렇기에 상처받고 좌절하게 되는 상황을 자신을 성장시키기 위한 기회로 바라보자.

강한 고통일수록 자신의 더 많은 부분을 돌아볼 수 있도록 만들어 준다. 고통을 극복한 깊이만큼 내면의 깊이도 깊어지게 된다. 이처럼 고통은 그동안 생각하지 못했던 것들을 생각하도록 만들어 준다. 이것이 자신에게 주어진 고통을 감사하게 바라보아야 하는 이유이다.

사람의
성장 가능성

사람의 성장은 자신을 극복함으로 이루어진다. 그래서 사람의 성장 가능성은 얼마나 자신을 극복하려 하는지에 대한 태도에 의해서 결정된다고 할 수 있다. 자신을 극복하게 되는 때는 고통과 마주했을 때이다. 현재 마주한 고통을 통해 자신의 문제점들을 돌아보고 보완함으로써 그전보다 더욱 성장하게 되는 것이다. 여기서 중요한 것은 자신을 돌아보려는 자세이다. 문제의 원인을 외부의 탓으로 전가하려 한다면 자신을 발전시킬 수 없다.

우리가 매 순간 남길 수 있는 최고의 재산은 더 성장한 나의 모습이다. 아무리 타인이 보기에 좋은 경험을 했다 할지라도 그 속에서 자신만의 의미를 찾지 못하면 성장할 수 없다. 항상 자신을 돌아보고 자신에게 필요한 의미들을 찾아내려는 태도가 사람을 한 단계 더 성장하도록 만든다.

자신을
사랑한다는 것은?

자신을 사랑한다는 것은 단순히 자신의 모습만을 사랑하는 것이 아니다. 현재의 내가 만들어지기까지의 모든 것들을 사랑하는 것이다. 따라서 나의 모든 과거를 사랑해야만 자신을 온전히 사랑할 수 있게 된다.

지금까지 내가 걸어온 모든 과정들을 가치 있게 바라보는 것이 자신에 대한 사랑의 깊이와 범위를 넓혀가는 방법이다. 그렇기에 과거를 생각할 때 '만약'이란 가정보다는 그 과거 덕분에 현재의 내가 있어 감사하다는 생각을 가지자.

사람은 자신이 정말 원해야
변할 수 있다

흔히들 사람은 변하지 않는다는 말을 많이 사용한다. 정말 사람은 변하지 못할까? 사람은 자신을 깨달은 만큼 변할 수 있다. 따라서 사람이 변하지 못하는 이유는 자신을 깨닫지 못했기 때문이다. 더 나아가 자신의 문제를 돌아볼 만큼의 변화의 필요성을 느끼지 못했기 때문이라고 할 수 있다.

사람이 본질적으로 변화되기 위해서는 자신의 내면을 깨달아야 한다. 그 이유는 사람이 의식하고 행하는 모든 것은 자신의 내면으로부터 비롯되는 것이기 때문이다. 자신의 내면을 들여다보기 위해서는 간절함이 필요하다.

사람은 간절하면 어떻게든 움직이고 결국은 자신의 내면까지 들여다보게 된다. 변화의 필요성을 단순히 '상대가 원하기 때문에'와 같은 외부에서 찾으려 한다면 사람은 변화될 수 없다. 그 이유는 자신의 내면을 들여다볼 만큼의 간절함을 이끌어 낼 수 없기 때문이다. 타인에게 잘 보이기 위해 자신을 변화시키려 하는 것은 그 순간 타인과의 마찰을 피하기 위한 눈속임에 불과하다. 따라서 사람은 자신이 정말 원해야 표면적으로 드러나는 행위를 넘어 자신의 내면에 집중할 수 있게 된다.

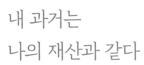

내 과거는
나의 재산과 같다

사람은 경험을 통해서만이 배우고 깨달을 수 있는 부분이 존재한다. 따라서 단순히 지식적으로 알고 있는 것과는 차이가 있다. 그래서 사람에게 있어 경험은 돈으로도 살 수 없는 소중한 것이다. 각자가 가진 경험은 각자가 가지고 있는 고유한 재산과 같다.

타인과 특별한 차별을 둘 수 있고 나만의 무기로 사용할 수 있는 것이 바로 내가 가진 경험이다. 우리는 이러한 자신만의 경험을 가치 있게 바라볼 수 있어야 한다. 이미 지나간 과거는 돌이킬 수 없지만 그 과거를 가치 있는 것으로 활용은 할 수 있다. 나의 과거를 통해 나에게 필요한 의미들을 찾고 성장할 수 있는 것이 내가 살아온 과거를 헛되이 하지 않는 일이다.

더 이상 타인이 살아온 삶과 비교하며 내가 가지고 있는 경험의 가치를 깎아내리지 말자.

마음은 노력하며
만들어 가는 것이다

순간순간 바뀌는 것이 사람의 마음이다. 따라서 현재의 마음이 좋다고 해서 앞으로의 마음도 좋을 것이란 보장은 없는 것이다. 그렇기에 자신의 마음에 대해 쉽게 호언장담하려 하는 것을 주의해야 한다. 자기 스스로가 자신에 대해 쉽게 호언장담하게 되면 그만큼 노력을 하지 않게 된다.

자신을 제대로 돌아보고 있다면 사람의 마음이 얼마나 연약한지를 알 수 있다. 그 연약함을 받아들이고 더 좋은 마음으로 만들어 갈 수 있도록 노력해 가야 한다. 아무리 좋은 마음도 노력을 하지 않으면 부패된다.

나답게 살아가는
삶이란?

어떤 삶이 나답게 살아가는 삶일까? 나답게 살아가는 삶은 삶의 가치를 부여하는 방식에 의해서 결정된다고 할 수 있다. 사람이 삶의 가치를 부여하는 방식에는 두 가지가 있다. 첫 번째는 삶의 가치를 자기 스스로가 부여하는 것이고, 두 번째는 타인이 부여한 가치를 따라가는 것이다. 나답게 살아가는 삶은 첫 번째 방식을 추구하는 삶이다.

자기 스스로가 삶의 가치를 부여하기 위해서는 내가 믿고 있던 타인의 가치들을 무너트릴 수 있어야 한다. 그렇다면 우리는 어떻게 되었을 때 타인이 부여한 가치를 무너트리게 될까? 그것은 바로 타인이 부여한 가치가 나에게 행복과 만족을 줄 수 없다는 것을 깨달았을 때이다.

아무리 주변 사람들이 좋다고 하는 옷을 입었을지라도 그 옷이 나에게 맞지 않는다면 과연 나에게 좋은 옷이라 말할 수 있을까? 옷은 타인이 입는 것이 아니고 내가 입는 것이다. 그렇기 때문에 내 느낌이 중요하다. 우리의 삶도 이와 마찬가지다. 나에게 주어진 삶은 타인이 살아가는 것이 아니고 내가 살아가는 것이다. 그렇기 때문에 내가 행복하고 만족할 수 있어야 한다.

내 마음은
내가 살고 있는 집과 같다

우리가 집이 편한 이유를 살펴보면 나를 편하게 드러낼 수 있기 때문이다. 이와 같은 느낌으로 자신의 마음을 살펴볼 필요가 있다. 그 이유는 나의 마음은 내가 살고 있는 집과 같기 때문이다. 내가 나를 어떻게 바라보고 있는지에 따라서, 내 마음이 내가 머물러 있기 좋은 공간이 될 수도 있고, 벗어나고 싶은 공간이 될 수도 있다.

자기 자신을 부정하면 부정할수록 내 마음은 내가 머물러 있기 힘든 공간이 된다. 이것은 마치 함께 살고 있는 가족이 나의 있는 그대로의 모습을 인정해 주지 못하고 나를 억압하려는 것과 같다. 우리가 가장 마음의 안정감을 느낄 때는 자기 자신을 있는 그대로 인정해 줄 때이다.

자기 자신을 마음에 들어 하지 않는다면 살기 싫은 집에 억지로 살아야 하는 것과 같다. 이로 인해 마음이 항상 고통스럽기에 삶 자체가 괴롭게 느껴질 수밖에 없다. 편안한 삶은 편안한 마음으로부터 비롯된다. 그렇기에 항상 나만큼은 나를 인정해 주려는 마음을 키워가야 한다. 시대의 흐름에 따라 더 좋은 집이 건설되듯이, 세월의 흐름에 따라 우리의 마음도 내가 머물러 있기 좋은 공간으로 만들어 가야 한다.

아무리 거창하고 좋은 집에 살아도 마음이 지옥 같다면 무슨 의미가 있을까?

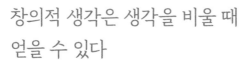

창의적 생각은 생각을 비울 때
얻을 수 있다

사물을 가까이에서 보려고 하면 할수록 눈에 들어오는 시야가 점점 좁아진다. 우리의 생각도 이것과 비슷하다. 한 가지 생각에 몰입하게 되면 생각의 범위가 점점 좁아지게 된다. 특정 생각에 대한 집착에서 벗어났을 때 보이지 않았던 부분들이 비로소 보이기 시작한다. 창의적인 생각은 넓은 각도로 바라보려 할 때 얻을 수 있다.

실제로 사람의 뇌가 가장 활발히 활동할 때는 무언가에 집중할 때가 아닌 생각을 비울 때라고 한다. 그 이유는 특정 생각에 몰두하게 되면 뇌의 특정 부분에 힘이 집중됨으로, 뇌의 가동 범위가 좁아지기 때문이다. 생각을 비워낼 때 비로소 특정 부분에 집중되어 있던 힘이 다른 곳으로 분산되면서 뇌가 더 활발히 움직일 수 있게 된다. 우리는 살면서 이런 경험 한 번쯤은 해보았을 것이다. 생각을 하려 할 때는 안 떠오르다가 생각을 멈추고 다른 일을 하다가 떠오르게 되는 경험 말이다. 그 이유가 뇌의 이러한 특성 때문이라고 할 수 있다.

생각이 나지 않을 때는 너무 깊게 생각하려 하지 말고 생각을 멈추고 다른 활동을 해보거나 휴식 시간을 가져보자. 뇌가 조금 더 활발히 움직일 수 있는 조건을 만들어 보는 것이다. 창의적인 생각은 무언가에 집중할 때가 아닌 무의식중에 있을 때 떠오른다.

권태로움을
활용하자

사람이 본질적으로 성장 중심적인 삶을 살아야 하는 이유는 사람은 환경에 적응하는 적응의 동물이라는 데 있다. 아무리 좋은 환경에 놓여 있어도 시간이 지나면 그 환경에 적응하게 된다. 따라서 행복감과 만족감은 떨어질 수밖에 없다. 결국은 권태로워진 마음을 극복하기 위해 새로운 자극을 줄 수 있는 무언가를 찾게 된다. 여기서 중요한 것은 권태로움이 찾아온 본질적인 이유이다. 우리가 권태로움이 찾아온 이유를 생각할 때, 단순히 환경이 변하지 않은 것으로만 생각할 수 있겠지만 사실은 내가 변하지 않았다는 데 있다.

사람이 성장하면 그에 따른 시각도 변하게 된다. 그래서 기존에 보았던 것들이 새롭게 보이기 시작한다. 그렇기 때문에 성장 중심적인 삶을 사는 사람들은 지루함을 잘 느끼지 않는다. 사람이 가장 에너지가 넘치고 가장 큰 행복감을 느낄 때가 바로 자신이 성장하고 있다고 느낄 때이다. 삶에서 자신을 알아가는 과정은 끝이 없고,

배움과 깨달음 또한 끝이 없다. 따라서 우리는 죽을 때까지 성장할 수 있게 되는 것이고, 그에 따른 행복감도 죽을 때까지 느낄 수 있게 되는 것이다.

이제는 권태로움을 느끼게 될 때, 단순히 외부적 환경에만 집중할 것이 아니라 나의 내면에 집중해 보자. 지금의 권태로움이 성장의 시작점이 되어줄 것이다.

행운을 알아볼 수 있는
사람이 되자

삶에서 행운이 찾아오는 것만큼 중요한 것이 그 행운을 알아볼 수 있는 안목이다. 아무리 나에게 좋은 기회들이 찾아온다 하더라도 내가 그 기회를 알아볼 수 있는 안목이 없다면 그냥 지나가는 일이 돼버린다. 그래서 '기회는 준비된 자에게 찾아온다'는 말은 단순히 능력적인 조건을 넘어 그만큼의 안목을 가지는 것이 포함된다고 생각한다.

내 삶에 행운이 찾아오게 하기 위해서는 단순히 자신의 운명만을 탓할 것이 아니라 나는 어느 정도의 안목을 가지고 삶을 살아가고 있는 사람인지를 돌아보아야 한다. 사람은 성장하는 만큼 세상을 바라보는 안목도 달라진다. 지나고 보면 그 상황들이 나에게 기회였다는 사실을 깨달을 때가 많다. 지금 이 순간에도 그 기회들이 지나가고 있다. 그냥, 단지 내가 알아차리지 못하고 있을 뿐이다.

또한, 지나간 과거에 미련을 두게 되면 내 눈앞에 있는 가치들을 알아볼 수 없다. 그렇기 때문에 지금 이 순간에 충실하려는 자세가 필요하다.

세상은 내가 보려고 하는 대로 보인다. 그렇기 때문에 모든 것은 내 시각에 의해서 결정되는 것이다. 내가 행운을 담을 수 있는 사람이 되었을 때, 나에게 행운이 찾아올 것이다.

나는 얼마나
감사할 줄 아는 사람인가?

삶의 풍요로움은 마음의 풍요로움으로부터 비롯된다. 마음을 풍요롭게 만들어 줄 수 있는 것이 감사하려는 마음이다. 감사함을 느끼기 위해서는 자신에게 주어진 것들에 대해 당연하지 않은 것으로 바라볼 수 있어야 한다. 우리는 가까이 있는 것일수록 당연한 것으로 생각하기가 쉽다. 내 눈앞에 있는 것들이 결코 당연하지 않은 것이란 사실을 깨닫게 될 때 감사함을 느낄 수 있다. 내가 가진 것이 없다고 느껴진다면 나의 생명, 주어진 시간, 신체, 가족, 가까운 친구에 대해 너무 당연한 것으로 여기고 살고 있었던 것은 아닌지를 돌아보자.

사람의 행복지수는 외부의 환경이 결정할 것 같지만 사실은 상황을 받아들이는 내면의 시각이 결정한다. 삶의 행복지수를 높이고 싶다면 내가 행복을 느낄 만한 사람이 되어야 한다. 똑같은 환경에 놓여 있더라도 각자가 가지고 있는 시각에 따라서 행복지수는 달라진다. 불평불만을 늘어놓는 사람은 어떤 환경에서도 불평불만을 늘어놓는다.

행복지수가 높은 사람은 자신에게 주어진 것들에 대해 진정으로 감사할 줄 아는 사람이다. 아무리 남들이 보기에 호화로워 보여도 자신이 가지고 있는 것들에 대해 감사함을 느끼지 못한다면 그 삶은 가난한 것이다. 그렇기에 삶을 더욱 풍요롭게 만들고 싶다면 마음에 많은 것들을 담아낼 수 있는 사람이 되어가야 한다.

그럴 만한
사람이 되자

무언가를 성취하고 싶거나 좋은 사람을 곁에 두고 싶을 때는 어떤 마음을 가져야 할까? 그럴 때는 '나는 왜 성취하지 못할까?', '나는 왜 주변에 좋은 사람이 없는 것일까?'를 생각하기 이전에 '나는 그만큼을 성취할 만한 능력을 갖춘 사람인가?', '나는 얼마나 좋은 사람인가?'를 생각해 보아야 한다. 내가 그럴 만한 사람이면 부수적인 것들은 자연스럽게 따라오게 되기 때문이다. 내 삶이 그전과 똑같은 것은 결과적으로 내가 변하지 못했기 때문이다.

나는 이 글을 쓰면서 '좋은 글을 쓰고 싶다면 먼저는 좋은 생각을 해낼 만한 사람이 되자'라는 마음으로 이 글을 쓰고 있다.

고정관념은
생각의 장애물과 같다

깊은 깨달음을 얻거나 발전적인 생각을 해내기 위해서는 자유롭고 다양한 시각으로 세상을 바라볼 수 있어야 한다. 특정한 틀을 고집하는 고정관념이나 편견이 자리 잡고 있으면 그만큼 생각의 폭이 좁아진다. 자신이 가진 고정관념과 편견을 깨트릴 수 있을 때 생각의 범위를 넓혀갈 수 있게 된다.

고정관념과 편견은 생각의 장애물과 같다. 이러한 장애물을 없애기 위해서는 '내가 알고 있는 것들이 얼마나 온전하다고 할 수 있을까?'를 생각할 수 있어야 한다. 그 이유는 현재 내가 가진 생각들은 내가 그동안 살아오며 형성된 것들에 불과하기 때문이다. 사람은 볼 수 있는 만큼 볼 수 있고, 알고 있는 만큼을 진리라 생각하기 쉽다.

기존에 가진 생각을 비워낼 때, 새로운 생각을 얻을 수 있다.

지금 내가 할 수 있는 일을
생각하자

사람이 매 순간 사용할 수 있는 에너지는 한정적이다. 그렇기에 불필요한 에너지 소모를 줄이는 것이 중요하다. 그렇다면 불필요하게 소모되는 에너지는 어떤 에너지일까? 그것은 바로 지금 내가 할 수 없는 일들에 대한 걱정이라고 생각한다. 따라서 불필요한 에너지 소모를 줄이기 위해서는 '지금 내가 할 수 있는 일'과 '지금 내가 할 수 없는 일'을 잘 구분 지을 필요가 있다. 불필요한 걱정이 많으면 많을수록 지금 할 수 있는 일들에 집중하기 어렵게 된다.

걱정은 미래를 직접적으로 변화시켜 주지 않는다. 내 미래를 조금이라도 변화시켜 줄 수 있는 것은 지금 내가 할 수 있는 것들에 최선을 다하는 것이다.

삶은 변수로 가득하다. 이것이 사람의 걱정이 끝이 없는 이유이다. 꼬리에 꼬리를 무는 걱정을 줄이기 위해서는 삶은 변수로 가득하다는 것 자체를 받아들일 필요가 있다. 걱정되는 미래를 대비해 지금 내가 할 수 있는 일은 지금보다 더 나은 사람이 될 수 있도록 노력하는 일이다.

내 마음에 계속 힘이 들어가는 이유는 내 삶을 억지로 통제하려 하기 때문이다. 삶은 통제하는 것이 아니고 받아들이는 것이다. 외부적 상황은 내 뜻대로 통제할 수 없지만, 그 상황을 받아들이는 것은 우리의 자유이다. 더 나은 사람으로서 그 상황들을 마주할 수 있도록 자기 자신을 발전시켜 나가자.

긍정의
종류

긍정에는 두 가지 종류의 긍정이 있다. 첫 번째는 현실을 받아들인 긍정이고, 두 번째는 현실을 받아들이지 못한 긍정이다. 현실을 받아들인 긍정은 그 현실을 자신의 삶으로 받아들이고 그것을 발판 삼아 성장하려는 긍정이지만, 현실을 받아들이지 못한 긍정은 현실의 문제를 외면하기 위해 자기 합리화를 하기 위한 긍정이다.

문제를 개선하기 위해서는 그 문제를 정확하게 직시할 수 있어야 한다. 문제를 커 보이게 만드는 것은 그 문제를 외면하고 싶어 하는 우리의 생각이다. 현실을 있는 그대로 받아들였을 때, 부풀려진 마음을 잠재우고 상황을 차분히 바라볼 수 있다.

현실의 문제를 아무리 외면한다고 해서 내 삶이 개선되진 않는다. 그 이유는 비슷한 문제가 생기면 또 회피하게 될 것이기 때문이다. 내 삶을 개선시킬 수 있는 것은 현재의 상황을 통해 성장하는 것이다.

사람은 잘하고 있을 때
더 의욕이 생긴다

사람이 재미를 느끼고 더욱 의욕이 생길 때는 현재 자신이 잘하고 있다고 느낄 때이다. 우리가 돈을 모을 때를 생각해 보아도, 돈이 잘 모이고 있을 때, 재미와 의욕이 생겨서 더 절약하게 된다. 오히려 모인 돈이 없으면 더 잘 쓰게 된다. 운동을 할 때도 마찬가지다. 운동을 평소에 잘하고 있다고 느낄 때 더 규칙적으로 잘하고 싶어진다.

이처럼 현재 자신이 잘하고 있지 못하다고 느끼면 재미와 의욕이 떨어지기 쉽다. 앞으로 잘하고 싶다면 지금 미루지 말고 실천해야 한다. 지금의 실천이 의욕의 불씨가 되어줄 것이다.

초심을 지키기
위해서는?

"구르는 돌에는 이끼가 끼지 않는다"라는 속담이 있는 것처럼 현재의 상태에 머물러 있으려 하는 안일한 마음이 사람의 마음을 녹슬게 한다. 사람의 초심을 지킬 수 있는 것은 끊임없이 배우고 성장하려는 연구심이다. 처음 가졌던 그 태도를 잃지 않도록 노력해야 초심을 지킬 수 있다.

무슨 일을 하든 마음이 변질되지 않는 것이 중요하다. 한번 무너진 마음을 되찾기란 쉽지 않다. 그렇기에 항상 자신의 부족한 부분들을 돌아보며 더 성장하기 위해 노력해 가야 한다.

사람은 많이 알수록
겸손해진다

"벼는 익을수록 고개를 숙인다"라는 속담이 있다. 이 속담에서 표현한 벼의 특성처럼 사람도 성장의 깊이가 깊어질수록 말을 함부로 하지 못한다. 그 이유는 성장의 경험을 통해 배움과 성장은 끝이 없다는 것을 깨달았기 때문이다.

사람은 조금만 알아도 자신이 다 아는 것처럼 생각하기 쉽다. 배움과 성장은 자신이 아는 만큼이 진리가 될 수 없다는 사실을 깨닫도록 만들어 준다.

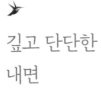

깊고 단단한
내면

타인의 말에 마음이 쉽게 흔들리는 이유는 자신에 대한 신뢰와 믿음이 부족하기 때문이다. 평소에 자신에 대한 불신을 가지고 있었기 때문에 타인의 말에 쉽게 휩쓸리게 되는 것이다. 자신에 대한 신뢰와 믿음이 굳건하다면 타인의 말에 흔들리지 않고 당당히 자신의 의견을 말할 수 있다.

내가 주체가 된 삶을 살기 위해서는 자신을 존중하고 믿어줄 수 있어야 한다. 그것이 부족하면 타인의 눈치를 살피며 타인에게 휘둘리는 삶을 살게 될 수밖에 없다. 뿌리 깊은 나무가 흔들리지 않는 것처럼 자기 자신을 깊게 존중하고 믿어줄 수 있어야 어떠한 상황에도 흔들리지 않을 수 있다. 깊고 단단한 내면을 가진 사람은 어떤 상황에서도 자기 자신을 존중하고 믿어줄 수 있는 사람이다.

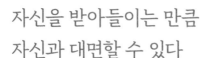

자신을 받아들이는 만큼
자신과 대면할 수 있다

어둠 속에 있는 물체를 비출 때, 특정 부분만 비추어서는 전체적인 형태를 알 수 없다. 우리의 내면도 이와 같다고 할 수 있다. 자신을 받아들이는 범위만큼 자신과 대면할 수 있다. 자신의 좋은 모습만 자신의 모습으로 인정하려고 한다면 자신과 대면할 수 있는 범위는 좁아지게 된다.

사람은 각자만의 틀을 가지고 있다. 우리는 그 틀에 맞추어 환경 변화에 반응한다. 그래서 특정 환경에서 나타나는 자신의 부분적인 모습만 보아서는 자신을 온전히 이해할 수 없다. 따라서 자신을 온전히 이해하기 위해서는 자신이 가진 전체적인 틀을 깨닫기 위해 노력해야 한다. 자신이 가진 전체적인 틀을 깨닫게 될 때, 자신의 부분적인 모습들도 이해가 되기 시작할 것이다.

상황에 맞추어 반응하는 자신의 다양한 모습들을 받아들이면서 자신의 전체적인 모습을 깨닫기 위해 노력해 보자.

고통이 왜 우리를
발전시킬까?

인류가 발전하는 과정을 살펴보면 항상 고통받는 상황이 발전의 시작점이 되어주었다. 고통에서 벗어나고 싶은 마음이 현재의 문제점들을 생각하도록 만들었고 그것을 보완하며 더욱 발전하게 되었다.

사람은 좋을 때는 자신을 잘 돌아보려 하지 않는다. 삶에서 찾아오는 다양한 고통은 자신의 다양한 모습들을 돌아보도록 만든다. 강한 고통일수록 자신의 더 깊은 부분을 돌아보도록 만든다. 그래서 강한 고통을 극복한 사람일수록 내면의 깊이가 깊어질 수밖에 없다.

더 나은 행복은 더 나은 나의 모습을 통해서 느낄 수 있게 된다. 그래서 더 나은 행복에 이르는 길에는 고통을 극복하는 과정이 존재한다.

판도라의
상자

그리스 로마 신화에는 판도라의 상자에 대한 이야기가 나온다. 제우스 신이 열지 말라고 했던 재앙의 상자를 '판도라'라는 여인이 열어서 판도라의 상자라고 부른다. 판도라가 그 상자를 열게 되므로 사람들에게 내리는 재앙인 욕심, 시기, 원한, 질투, 복수, 슬픔, 미움 등이 사람들에게 쏟아져 나왔다. 판도라가 그 상자를 급하게 닫았을 때는 이미 모든 재앙들이 다 빠져나가고 한 가지 재앙이 그 상자 안에 남아 있었다. 그 재앙은 바로 희망이었다.

왜 사람들에게 희망이 재앙이 될 수 있을까? 나는 그 이유를 지금 이 순간의 소중함을 잃도록 만들기 때문이라고 생각한다. 자신의 삶을 진정으로 사랑할 수 있으려면 지금 이 순간을 진정으로 사랑할 수 있어야 한다. 그 이유는 삶은 결국 순간을 살아가는 것이기 때문이다. 하지만 희망은 지금 이 순간을 미래를 위한 고통의 시간으로 바라보도록 만든다. 결과적으로 희망이 지금 이 순간을 아름답게 바라보는 눈을 잃도록 만드는 것이다.

　삶의 행복은 외부적 환경의 요건이 아니라 우리의 마음에서 비롯된다. 지금 이 순간을 진정으로 사랑할 수 있는 사람이 되었을 때 앞으로 다가올 미래의 순간들도 사랑할 수 있는 사람이 될 수 있다. 어떠한 순간도 지금 이 순간보다 소중한 순간은 없다. 미래의 희망 때문에 지금 이 순간의 아름다움과 소중함을 놓쳐서는 안 된다.

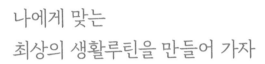

나에게 맞는
최상의 생활루틴을 만들어 가자

사람은 생각하고 행동하는 데 있어 컨디션의 영향을 많이 받는다. 그래서 무엇을 했는지 만큼 중요한 것이 어떤 컨디션에서 임했는지라고 생각한다. 매 순간 최상의 효율을 내고 싶다면 최상의 컨디션을 유지할 수 있는 생활루틴을 만들어 가야 한다.

나에게 맞는 생활루틴을 만들기 위해 무엇을 할 때 내가 좋은 컨디션에 머물러 있게 되는지를 알아갈 필요가 있다.

높은 자존감이 삶의 주인으로
살도록 만들어 준다

자존감이 높은 사람은 자신의 생각을 신뢰하고 존중할 수 있는 사람이다. 그래서 무언가를 선택하는 데 있어 타인에게 의존하려 하지 않는다. 항상 자신이 주체가 되어 선택하려는 마음을 가지고 있다. 또한 자신이 주체가 되려는 만큼 그에 따른 책임도 타인에게 전가하려 하지 않고 자신이 책임지려 한다.

자존감이 낮은 사람일수록 자신의 생각을 신뢰하고 존중하지 못한다. 그래서 선택의 순간이 찾아오면 타인에게 의지하게 되는 경우가 많다. 그에 따른 책임도 타인에게 전가시키며 타인을 원망한다. 자신을 신뢰하고 존중하지 못하기에 자신의 삶이지만 삶의 주인으로 살지 못한다.

사람은 책임질 수 있는 만큼 주인의식을 가질 수 있다. 내 삶의 주인이 되기 위해서는 자기 삶에 대한 책임감을 가질 수 있어야 한다. 사람은 감당할 자신이 없으면 계속 다른 곳으로 그 책임을 전가하려고 한다. 내가 어떤 마음을 가지고 있든 본질적으로 내 삶을 감당할 수 있는 사람은 자기 자신뿐이란 사실을 생각해야 한다. 타인이 내 삶을 책임져 줄 수는 없다. 이것이 자기 삶에 대한 책임감을 가져야 하는 이유이다.

내가 살아 숨 쉬는 삶을
살아가자

단순히 숨만 쉬고 있다고 해서 삶을 살고 있다고 말할 수 있을까? 나는 나로서 살지 못하는 삶은 죽은 삶이라고 생각한다. 그 이유는 내 삶에 내가 존재하고 있지 못하기 때문이다. 내 삶에 나의 영향력을 발휘할 수 있어야 내 삶에서 내가 살아 숨을 쉬고 있다고 말할 수 있을 것이다. 내가 주체가 된 삶을 살지 못하고 타인에게 보여주기 위한 삶을 살게 되면 공허함만 남게 된다.

타인의 인정이 아닌 자신의 인정을 받기 위한 삶을 살기 위해 노력할 때, 자신에 대해 알 수 있고, 자신에 대해 앎으로 나다운 삶을 살아갈 수 있다. 삶의 정답은 없다. 따라서 내 삶에서 정답이 될 수 있는 것은 나의 선택이다. 그렇기에 자신의 의사를 최대한 존중해 줄 수 있는 삶을 살아가자.

매 순간 자신만의 의미를 채워나갈 때, 나의 생명력을 느낄 수 있다.

행복해 보이는 삶은
행복한 삶이 아니다

삶의 행복을 위한 방향에는 크게 '타인에게 행복해 보이는 삶'과 '내가 행복을 느끼는 삶' 이렇게 두 가지 방향이 있다. '타인에게 행복해 보이는 삶'은 주변 사람들에게 보이는 체면을 중요시 여기는 삶이다. 그래서 의사결정에 있어 자신의 기준보다는 타인의 기준이 중요하다. 또한, 특정 기준을 가지고 타인과 비교하는 것에 익숙하며, 경쟁의식 속에서 타인에게 인정받기 위한 삶을 살아간다.

'내가 행복을 느끼는 삶'은 타인이 만들어 놓은 가치관을 따라가는 것이 아닌, 자신만의 가치관을 세우고 살아가는 삶이다. 이러한 삶을 추구하는 사람들은 기본적으로 삶의 기준은 오직 자기 자신으로부터 부여된다는 마음을 가지고 있다. 삶의 목적 또한, 타인의 인정이 아닌 자신의 인정을 받기 위한 목적으로 살아간다. 그래서 타인의 삶과 비교하려 하지 않고 자신만의 교유한 삶의 행복을 추구하며 살아간다.

이 두 가지 삶을 사는 사람들의 공통점은 똑같이 '행복해 보이는 삶'을 살아봤다는 것이다. 여기서 '내가 행복을 느끼는 삶'을 살아가는 사람들은 타인에게 인정받기 위한 삶이 본질적으로 자신을 행복하게 만들어 줄 수 없다는 사실을 깨달은 사람들이다.

우리는 결과적으로 삶의 행복을 목적에 두고 움직인다. 따라서 그 목적에 맞게 행복을 누리고 싶다면 무엇이 나를 진정으로 행복하게 만들어 줄 수 있는지를 깨달아야 한다. 자신이 정말 행복하다고 느낀다면 타인에게 자신의 것을 과시하며 인정받으려 하지 않는다. 이것은 마음이 공허한 것이고 행복하다고 믿고 싶은 것이다.

내 삶의 행복을 위해 질문을 해야 할 대상은 타인이 아니라 바로 자기 자신이다.

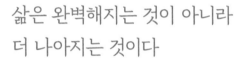

삶은 완벽해지는 것이 아니라
더 나아지는 것이다

사람이 완벽함을 생각하게 되는 이유는 무엇일까? 그것은 바로 행복과 만족을 느끼고 싶어서라고 할 수 있다. 하지만 완벽한 삶의 절대적 기준은 존재하지 않는다. 그 이유는 사람마다 행복과 만족을 느끼는 기준이 다르기 때문이다. 모든 사람들의 생김새가 다른 것처럼 가지고 있는 내면도 다르다. 따라서 추구하는 것들도 달라지게 될 수밖에 없다. 그렇기에 삶은 하나의 기준에 맞추어 가는 것이 아니라 자신에게 맞는 삶을 찾아가는 것이라고 할 수 있다.

삶의 완벽함에 집착하게 되면 하나의 틀로 삶을 가두는 것이 되어버린다. 내가 생각하는 완벽함의 기준이 무엇을 근거로 만들어진 것인가를 생각해 볼 필요가 있다. 나에게 맞는 삶을 찾기 위해서는 생각을 열어두고 나를 알기 위해 힘써야 한다.

내가 변하면 완벽함의 기준 또한 변하게 된다. 그 순간 완벽하다고 생각했지만 사실은 완벽하지 않은 것이다. 현재 내가 생각하는 완벽함의 기준은 그동안 내가 보고 들은 것 안에서 만들어 낸 것에 불과하다. 따라서 애초에 완벽한 삶은 존재하지 않는다. 삶은 단지 나의 성장에 맞추어 더 나은 삶으로 변해가는 것이라고 할 수 있다.

나는 나에게
얼마나 솔직할 수 있는가?

자신을 사랑하기 위해서는 때로는 용기가 필요하다. 그 이유는 내가 싫어하는 나의 모습도 인정하고 받아들여야 하기 때문이다. 내가 싫어하는 나의 모습과 직면하기 위해서는 큰 용기가 필요하다. 그래서 자신을 사랑할 수 있는 사람은 용기 있게 자신과 대면할 수 있는 사람이다.

자신을 깊게 사랑할 수 있는 사람일수록 어디서든 당당함이 느껴진다. 그 이유는 자신의 있는 그대로의 모습을 인정하고 존중하고 있기 때문이다. 그래서 자신을 드러내는 것에 있어서 거부감이 없다. 내가 나를 인정하고 존중해 주지 못하면 스스로가 위축될 수밖에 없다. 나부터 나에게 솔직할 수 있을 때, 타인에게도 솔직할 수 있고, 당당할 수 있다.

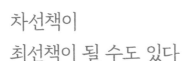

차선책이
최선책이 될 수도 있다

지금 당장 최선책이 되지 못했다고 해서 좌절하지 말자. 그 이유는 지나고 보면 차선책이라 생각했던 것이 최선책이 되어 있는 것이 우리의 삶이기 때문이다. 우리의 삶은 뜻하지 않은 곳에서 좋은 인연을 만나기도 하고, 뜻하지 않은 곳에서 깨달음을 통한 성장을 하기도 한다. 그렇기에 지금 당장 내 뜻대로 되지 않는다고 해서 앞으로의 삶을 속단하지 말자.

이미 지나간 일은 돌이킬 수 없다. 우리가 지금 할 수 있는 일은 지금의 순간들이 최선책이 될 수 있도록 만들어 가는 일이다. 지나간 일에 미련을 가지면 현재에 가치 있는 것들을 알아볼 수 없게 된다. 비록 지금의 순간이 차선책이 되었다고 할지라도 이 상황을 뜻하지 않은 기회로 여기며 숨겨진 보물들을 찾아내려는 마음을 가져보자.

성장의
요건

식물이 자라기 위해서는 그에 맞는 성장 요건이 갖추어져야 한다. 이와 같이 사람이 성장하기 위해서도 그에 맞는 요건들이 갖추어져야 한다. 좋은 일만 있고, 나와 맞는 사람만 만나서는 우리는 성장할 수 없다. 그 이유는 자신의 부족한 부분들을 돌아볼 기회가 없기 때문이다. 사람은 다양한 고통을 극복하는 과정에서 자신의 부족한 부분들을 발견하고 보완하면서 더욱 성장할 수 있게 된다.

강한 바람이 없었다면 나무는 뿌리를 깊게 내리지 못했을 것이다. 이러한 이치처럼 사람도 그만큼의 고통이 없이는 강해질 수 없다. 성장을 하기 위해서는 매 순간 자신에게 필요한 의미들을 찾아낼 수 있는 눈을 키워가야 한다. 지금의 순간을 '불필요했던 순간으로 남길 것인지?' 아니면 '필요했던 순간으로 남길 것이지?'는 내가 어떤 의미를 부여하는지에 달려 있다.

능력은 믿음의 근거를
만들어 준다

자신이 가진 능력을 발전시켜야 하는 이유는 단순히 그 능력을 활용하기 위해서만은 아니다. 자신이 가진 능력은 자신을 믿을 수 있는 근거를 만들어 준다. 어디서든 당당할 수 있고 여유로울 수 있는 심리적 안정감은 자신에 대한 믿음으로부터 비롯된다. 자신이 능력 있다고 믿고 있다면 쉽게 위축되거나 작은 것에 연연해 하지 않는다.

자신에 대한 믿음의 근거가 부족하면 자기 스스로가 위축되고 만다. 그래서 자신의 능력을 키워가는 것은 자신을 더욱 믿어주기 위한 노력이기도 하다.

지식도 과식하면
탈이 난다

지식을 습득하고 깨달아 가는 과정은 마치 음식을 먹고 소화시키는 과정과 같다고 할 수 있다. 지식을 습득했으면 그 지식을 곱씹으며 자신에게 필요한 의미들을 찾고 자신의 것으로 만들어 가는 과정이 꼭 필요하다. 단순히 알고 있는 것과 자신의 것으로 만든 것과는 분명 차이점이 존재한다. 아무리 많은 것들을 경험하고 배웠다고 할지라도 그 속에서 자신만의 의미를 찾지 못했다면 의미 없는 과정이 되어버린다. 배움의 목적은 단순히 배움의 행위 그 자체에 있는 것이 아니라 자신을 성장시키기 위한 목적이란 사실을 기억해야 한다.

음식도 한 번에 많이 먹으면 탈이 나듯이 지식도 한 번에 많이 습득하게 되면 오히려 탈이 나게 된다. 그렇기에 적절히 소화시켜 가며 지식을 얻어가자.

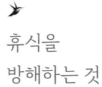

휴식을
방해하는 것

휴식은 나를 무겁게 하던 의무감을 잠시 내려놓고 내가 하고 싶은 것들을 하면서 보내는 시간이라고 할 수 있다. 그런데 이런 나의 휴식 시간을 방해하는 것이 있다. 그것은 바로 '이 시간은 이렇게 보내야 한다'와 같은 의무감을 만드는 것이다.

우리가 마음이 무거운 이유를 살펴보면 의무감이 강하기 때문이다. 따라서 계획에 너무 집착하면 마음이 무거울 수밖에 없다. 먼저 마음이 가벼워야 편하게 휴식할 수 있다. 우리는 이런 휴식의 방해를 조심해야 한다.

쉽게 설명할 수 있는 사람이 진정한 실력자다

내용을 깊이 있게 이해했다는 것은 그 내용을 명확하고 간결하게 요약이 가능하다는 것이다. 따라서 말이 길고 정리가 제대로 안 되어 있다면 본인부터가 그 내용을 정확하게 이해하지 못했다는 증거이다.

자신이 이해하고 있는 범위를 알고 싶다면 그 내용을 누군가에게 설명해 보면 된다. 누군가에게 설명을 하는 과정에서 자신이 무엇이 부족한지를 스스로 발견할 수 있다. 나도 제대로 이해하지 못한 내용을 상대가 쉽게 이해하게끔 설명할 순 없다. 그렇기에 쉽게 설명하기 위해서는 많이 알고 잘 이해하고 있어야 한다.

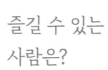

즐길 수 있는
사람은?

사람은 언제 가장 큰 즐거움을 느낄까? 그것은 바로 배움에 집중할 때라고 생각한다. 즐길 수 있는 사람은 결과에 대한 집착에서 벗어나 매 순간을 배움의 마인드로 임할 수 있는 사람이다. 우리가 흔히 알고 있는 말 중에서 '즐기는 사람은 못 이긴다'는 말이 있다. 배움의 마인드는 어떤 어려운 상황을 겪게 되더라도 그 상황을 배움을 통한 성장의 기회로 받아들이게끔 만들어 준다. 또한 결과에 얽매이지 않기 때문에 지속 가능하다. 그렇기 때문에 결국은 잘할 수밖에 없는 사람이 되는 것이다.

좋은 결과는 과정에 충실할 수 있을 때 만들어진다. 매 순간을 즐기려는 마인드는 과정에 더욱 충실할 수 있도록 만들어 준다. 그렇기에 더 나은 결과를 만들기 위해서라도 즐길 수 있는 마인드가 필요하다. 어차피 삶은 과정을 살아가는 것이다. 삶에서 가장 즐기기 좋은 순간은 바로 지금 이 순간이다.

내가 어떤 마음을 먹는지에 따라서 지금의 순간이 고통의 순간
이 될 수도 있고 즐길 수 있는 순간이 될 수도 있다.

생각의 여백을
남겨두자

삶은 한 가지로 단정 지을 수 없는 것들로 가득하다. 그래서 삶은 확실한 정답을 찾는 것이 아닌 더 나은 답을 찾아가는 과정이라고 할 수 있다. 무언가를 쉽게 단정 짓는 생각을 하게 되면 그만큼 틀에 갇힌 시각으로 세상을 바라보게 된다. 이것을 방지하기 위해서는 현재 자신의 생각이 틀릴 수도 있다는 여백을 남겨두고 세상을 바라볼 필요가 있다. 새롭고 더 좋은 생각이 들어오기 위해서는 생각의 여유 공간이 필요하다.

사람은 아는 만큼 세상을 볼 수 있다. 따라서 내가 보고 있는 만큼이 세상의 전부는 아닌 것이다. 한쪽으로 치우친 사고로 세상을 바라보게 되면 세상은 한쪽으로 치우친 상태로 내 눈에 들어올 것이다. 열린 마음으로 세상을 바라보아야 볼 수 있는 것들이 많아진다.

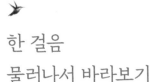

한 걸음
물러나서 바라보기

건물 안에 있을 때는 그 건물의 외형을 알 수 없다. 세상을 바라볼 때도 이와 같다. 특정 상황 안에서만 그 상황을 바라보려고 하면 전체적인 상황이 눈에 안 들어온다. 지금의 시각에서 한 걸음 물러나서 그 상황을 바라보려 할 때 그동안 보이지 않던 부분들이 보이기 시작할 것이다. 같은 상황이라도 내가 어떤 관점을 가지는지에 따라서 눈에 들어오는 것들이 달라진다. 그렇기에 상황에 지나치게 몰입하기보다는 한 걸음 물러나서 생각해 보자.

다양한 답은 다양한 시각과 관점으로 바라보려 할 때 얻을 수 있다.

삶은 주어진 것들을
활용하는 기간이다

삶에서 누군가를 부러워하며 보내는 시간은 너무 아까운 시간이다. 그 이유는 삶은 단지 생명이 허락하는 시간 동안 주어진 것들을 활용하며 보내는 시간에 불과하기 때문이다. 삶에서 영원히 소유할 수 있는 것은 아무것도 존재하지 않는다. 그렇기에 누군가를 그렇게 부러워할 필요도 없다.

삶의 행복은 자신에게 주어진 것들을 얼마나 잘 활용할 수 있는 사람이 되었는지에 따라서 결정된다고 할 수 있다. 그렇기에 누군가를 부러워할 시간에 자신에게 주어진 것들을 잘 활용할 수 있는 사람이 되어가자. 자신에게 주어진 것들을 소중히 바라보려 노력할 때, 그 가치를 발견할 수 있게 된다. 더 이상 타인과 비교하며 자신에게 주어진 시간들을 낭비하지 말자.

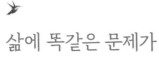

삶에 똑같은 문제가
반복된다면?

삶에서 똑같은 문제와 어려움이 반복되는 것은 마치 시험에서 똑같은 문제를 계속해서 틀리는 것과 같다. 그 이유는 내가 변하면 내 삶의 모든 흐름들이 변하기 때문이다. 따라서 똑같은 문제의 흐름이 반복되는 것은 내가 변하지 못했다는 증거가 된다.

똑같은 문제로 자신의 삶을 원망하게 된다면, 이제는 외부의 환경만 탓할 것이 아니라, 내가 그전보다 얼마나 변했는지를 생각해 보아야 한다. 문제의 본질을 정확하게 깨닫고, 자신을 변화시켰다면, 똑같은 문제로 어려움을 겪지 않는다.

성장은 현재의 자신과
이별하는 과정이다

성장은 기존에 세워진 건물을 무너트리고 새로운 건물을 짓는 과정과 비슷하다고 할 수 있다. 그 이유는 성장을 하기 위해서는 현재 자신이 가지고 있는 틀을 과감하게 무너트려야 하기 때문이다. 기존의 틀을 고집하면 새롭게 변화될 수 없다. 그래서 성장은 현재의 자기 자신과 이별하는 과정이라 할 수 있다.

더 나은 삶은 더 나은 나의 모습에서 비롯된다. 그렇기에 내가 지금보다 더 나은 삶을 바란다면 항상 자기 자신과 이별할 준비가 되어 있어야 한다.

강한 사람은 자신을
포기하지 않는 사람이다

강한 사람은 어떤 상황에서도 자신의 삶을 포기하지 않을 수 있는 사람이다. 포기는 지금까지의 아픔을 헛되이 하는 일이다. 그동안 내가 겪은 아픔들은 돈으로는 살 수 없는 값진 보물과 같다. 따라서 지금까지의 아픔들을 가치 있게 활용하려는 마음을 가져보자. 그동안의 아픔들을 발판 삼아 더욱 성장한다면, 그동안 아팠고 힘들어했던 그 이상으로 행복을 누릴 수 있는 사람이 될 수 있다.

어떤 상황에서도 자신을 포기하지 않는 삶을 만들어 가는 것이 최소한 자신에게 미안한 삶은 만들지 않는 길이다.

Part 2

감정은 자신과
소통하는 도구이다

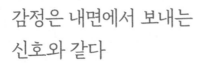

감정은 내면에서 보내는
신호와 같다

우리가 상대에게 하고 싶은 이야기가 생기면 가장 먼저 하는 행동이 상대가 나에게 집중할 수 있도록 상대를 부르는 일이다. 그렇다면 우리의 내면은 나에게 하고 싶은 이야기 생기면 나를 어떻게 부르게 될까? 그것이 바로 감정이다.

감정은 현재의 내면 상태를 알아달라고 내면에서 보내는 신호와 같다. 그래서 감정은 자기 자신과 소통하는 시작점과 같다고 할 수 있다. 사람의 내면 상태가 다양하기 때문에 그에 따른 감정도 다양할 수밖에 없다. 자기 자신과 원활하게 소통하기 위해서는 다양한 감정의 언어를 잘 파악할 줄 알아야 한다.

감정은
알아주는 것이다

감정은 현재의 내면 상태를 알리기 위한 신호와 같다. 감정은 그 역할이 다하면 자연스럽게 사라진다. 따라서 감정을 풀기 위해서는 자신의 감정 상태를 알기 위해 노력하는 것이 중요하다.

감정은 결국 소통을 위한 도구이다. 그 역할에 맞게 감정을 잘 활용하기 위해서는 감정을 편견 없이 있는 그대로 받아주려는 자세가 필요하다. 자신의 감정을 무시하면 자신과의 소통은 단절될 수밖에 없다.

내 감정이 그 역할을 다할 수 있도록 감정을 통해 자신의 속마음을 알아가려는 연습을 해보자.

감정을 잘 파악할 수
있어야 한다

감정관리를 잘하는 사람은 단순히 감정을 잘 참는 사람이 아니다. 감정관리를 잘하는 사람은 자신의 감정을 잘 읽을 줄 아는 사람이다. 감정을 억압하게 되면 그 감정은 사라지지 않고 마음에 쌓이게 된다. 그렇기 때문에 감정은 단순히 잘 참는다고 해서 해결되는 차원이 아니다. 감정은 생겨나게 된 배경을 알아주었을 때 풀리게 된다. 그래서 내 감정의 언어를 잘 파악하고 나의 상태를 알려고 노력하는 것이 중요하다.

자신과의 원활한 소통만이 감정이 쌓이지 않도록 만들 수 있고 안정적인 내면 상태를 만들 수 있다.

감정이 커져 있을 때는
한 템포 쉬고 생각하자

사람이 합리적인 판단을 할 수 있을 때는 이성과 감정의 균형이 맞춰진 상태이다. 감정이 커지게 되면 그 균형이 무너짐으로 판단력이 흐려지게 된다. 그만큼 실수하기 쉽고, 후회할 수 있는 선택을 하기 쉬운 상태가 되는 것이다. 그렇기에 감정이 커져 있을 때는 말과 행동을 잠시 뒤로 미루면서 한 템포 쉬어가는 습관을 가져보자. 현재 자신의 내면 상태를 인지하는 것만으로도 감정으로 인한 실수를 많이 줄일 수 있다.

감정은 내면의 날씨라고 할 수 있다. 우리가 날씨 변화에 맞추어 대처하는 것처럼 나의 감정 상태에 맞춰서 대처해 나가자.

필요 없는
감정은 없다

다양한 내면 상태가 존재하기에 다양한 감정도 존재한다. 감정은 현재의 내면 상태를 알리기 위해 내면에 보내는 신호와 같다고 할 수 있다. 우리가 느끼는 모든 감정은 그에 맞는 역할이 존재한다. 만약 감정의 종류가 사라지게 되면 그만큼 자신과 소통할 수 있는 범위가 좁아지는 것이다. 따라서 우리에게 필요 없는 감정은 없다.

다양한 감정이 가진 각각의 역할을 이해함으로 모든 감정은 소중하다는 것을 깨달아야 한다. 자신의 감정을 최대한 잘 활용하고 싶다면, 단순히 좋은 감정과 나쁜 감정을 나누는 것에 집중할 것이 아니라, 각각의 감정이 가지고 있는 역할과 특성을 알아가야 한다.

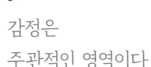

감정은
주관적인 영역이다

사람이 느끼는 감정은 특정 상황만을 놓고 객관화할 수 없는 영역이다. 그 이유는 똑같은 상황을 겪더라도 그 사람의 성격과 경험에 따라서 반응이 달라지기 때문이다. 그래서 자신이 느끼고 있는 감정에 대해서 타인이 느끼는 감정과 비교하며 타당성을 부여하려 하는 것은 적절하지 않다. 중요한 것은 자신이 그 감정을 느끼고 있다는 것이다. 특정 사건을 놓고 보았을 때, 타인이 느끼기에는 대수롭지 않은 일이 될 수 있을지라도, 자신이 그 일에 대해 크게 느끼고 있다면 그 일은 나에게 큰일인 것이다. 이런 나를 있는 그대로 인정해 주고 알아주는 것이 중요하다.

내가 느끼고 있는 감정을 속이려 하는 것은 나를 속이려 하는 것이다. 자신과 원활히 소통하기 위해서는 자신의 감정에 솔직해져야 하고 그 감정을 있는 그대로 인정할 줄 알아야 한다.

감정을 억압하면
감정은 더 강해진다

감정의 성질은 마치 강줄기와 같다고 할 수 있다. 물이 흘러가는 것을 막으려 하다 보면 그 후에 물살은 더욱 강해지게 된다. 이처럼 우리의 감정도 흘러가는 대로 두지 못하고 억압하게 되면 결국은 더 강하게 분출되고 만다. 따라서 감정을 잘 다루기 위해서는 감정을 관찰자의 시점으로 바라보는 것이 중요하다.

지금의 나의 상태를 설명해 주는 것이 감정이기에 지금 느끼는 감정을 억지로 바꾸려 하기보다는, 지금의 나의 상태를 그대로 인정해 주자.

감정은 아기의
울음소리와 같다

아기는 말을 못 하기에 원하는 것이 생기면 울음으로 신호를 보낸다. 우리의 내면도 이와 비슷하다. 내면은 말을 못 하기에 감정으로 신호를 보낸다. 여기서 중요한 것은 보낸 신호 자체가 아니라 신호를 보낸 대상에게 관심을 가지는 것에 있다. 내 내면이 나에게 감정 신호를 보내는 목적은 결국 자신에게 관심을 가져달라는 것이다.

아기가 울음으로 신호를 보냈음에도 불구하고 관심을 가져주지 않으면 더 크게 울음을 터트리게 되듯이, 우리의 내면도 관심을 가져주지 않으면 더 강하게 신호를 보낼 것이다.

감정을 쌓아두는 것도
에너지가 소모된다

감정을 참고 쌓아두는 것도 에너지가 소모된다. 이것이 감정을 잘 풀어주어야 하는 이유라고 생각한다. 사람이 순간순간 사용할 수 있는 에너지는 한정적이다. 따라서 내면에 쌓아둔 감정의 양이 많을수록 사용할 수 있는 에너지양은 줄어들게 된다. 그래서 감정을 쌓아두고 생활하는 것은 마치 돌덩이를 짊어지고 생활하는 것과 같다고 할 수 있다.

현재 내가 의욕이 없고 무슨 일을 하든 쉽게 지친다는 생각이 든다면, 평소 자신의 감정에 얼마나 관심을 가지며 살았는지를 돌아볼 필요가 있다. 마음의 돌덩이는 내가 나에게 가지는 관심만이 비워낼 수 있다.

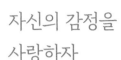

자신의 감정을
사랑하자

　자신을 사랑하기 위해서는 자신의 있는 그대로의 모습을 소중히 여길 수 있어야 한다. 내가 느끼는 모든 감정은 나의 일부분이고 나만의 고유한 영역이다. 따라서 자신을 사랑하기 위해서는 자신의 일부분인 감정도 있는 그대로 소중히 여길 수 있어야 한다.

　자신을 사랑하는 첫걸음은 자신의 감정을 소중히 여기는 것이다. 그 이유는 내가 느끼는 감정이 나의 내면과 대면하는 시작점이 되어주기 때문이다. 자신의 감정을 소중히 여기지 못하면 자신을 알아갈 수 없고 자신을 사랑할 수 없다.

감정은 보이는 것들을
변화시킨다

세상은 우리가 보려고 하는 대로 보인다. 사람이 세상을 바라볼 때는 감정도 함께 이입되어 보여지게 된다. 그래서 감정 상태가 변하면 보여지는 세상도 다르게 변한다. 그 순간 세상이 무너질 것 같이 고통스러워 보여도 내 감정 상태가 변하면 또 다르게 보이는 것이 내가 보고 있는 세상이다.

지금 당장 세상이 불행하게 느껴진다고 할지라도 앞으로도 불행할 것이라고 속단하지는 말자. 무언가를 속단하기 이전에 모든 것들을 불행하게 해석할 수밖에 없는 감정 상태에 놓여 있는 것은 아닌지를 돌아보자.

예민할 수밖에 없는 상태에
놓인 것은 아닌가?

폭발적인 감정은 한순간에 잘 발생되지 않는다. 그동안 쌓였던 감정들이 특정 사건으로 인해서 터졌을 가능성이 크다. 평소에 내가 자주 예민해진다고 느껴진다면, 내가 예민해질 수밖에 없는 내면 상태에 놓여 있었던 것은 아닌지를 살펴볼 필요가 있다. 자신의 감정을 잘 받아주지 못하고, 자신의 감정을 억압하게 되면 그 감정은 부풀려진 상태로 마음에 남아 있게 된다. 그래서 예민한 반응을 보일 수밖에 없는 상태가 되어버리는 것이다.

감정을 쌓아두지 않는 안정적인 내면 상태를 만들기 위해서는 나만큼은 나의 속마음을 알아주려는 마음이 필요하다. 내가 내 편이 되어주지 못하고 나를 평가하고 억압하려 하는 순간 감정이 쌓이게 된다. 잘하든 못하든 자신의 있는 그대로의 모습을 인정해 주려는 마음을 가지자. 나를 가장 잘 알고, 나를 가장 잘 이해해 줄 수 있는 사람은 나 자신밖에 없다.

내 감정을 볼 수 있는 만큼
상대의 감정도 볼 수 있다

소통 능력이 뛰어난 사람은 상황에 맞는 대화를 잘할 수 있는 사람이다. 상황에 맞는 대화를 잘하기 위해서는 타인의 감정을 잘 읽어내는 것이 중요하다. 사람은 자신의 감정을 읽어낼 수 있는 만큼 타인의 감정도 읽어낼 수 있다. 따라서 사람은 자신과 소통할 수 있는 만큼 타인과 소통할 수 있게 되는 것이다. 타인의 감정을 공감할 수 있는 능력을 향상시키고 싶다면 자신의 감정부터 공감하는 능력을 키워가야 한다.

소통 능력은 단순히 지식으로 향상시킬 수 있는 영역이 아니다. 자신을 공감할 수 있는 만큼 타인을 공감할 수 있다.

감정을 잘 다룰 수 있는
방법을 배우자

사람의 모든 사고에는 감정이 관여되어 있다. 사람이 계획을 세우고 움직이는 이유를 살펴보면 결국 특정 감정을 느끼고 싶기 때문이다. 사람이 감정을 느끼지 못한다면 움직일 이유가 없다. 자신을 보호할 수 있는 것도 두려움과 같은 감정을 느낄 수 있기 때문이다. 기본적인 의식주를 해결함에 있어 감정은 큰 역할을 한다.

이처럼 사람은 감정을 빼놓고는 설명할 수 없는 존재이다. 때로는 감정이 우리를 힘들게 할 때도 있지만, 삶을 잘 살 수 있도록 만들어 주는 것 또한 감정이다. 그렇기에 우리는 감정을 불필요한 것이라 여기며 배척할 것이 아니라 잘 다룰 수 있는 방법을 배워나가야 한다.

내 걱정을
해결할 수 있는 것은?

사람이 하는 걱정 중에서 90% 정도는 일어나지 않을 일들에 대한 걱정이라고 한다. 그만큼 우리는 불필요한 걱정에 많은 에너지를 소모하면서 살아간다. 불필요한 걱정을 줄이기 위해서는 현재 내가할 수 있는 일과 할 수 없는 일을 잘 구분 지어나갈 필요가 있다.

어차피 삶은 변수로 가득하기 때문에 미래에 대한 걱정은 끝이 없을 수밖에 없다. 적당한 걱정은 미래를 준비하는 과정에서 도움을 줄 수 있지만, 과한 걱정은 미래를 준비하는 데 사용할 에너지를 고갈시켜 과정에 충실하지 못하도록 만든다. 또한 과한 걱정은 작은 상황도 커 보이게 만드는 착각을 불러일으킴으로써 판단력을 흐리도록 만든다.

좋은 판단력을 가지고 싶다면 한 걸음 물러나서 생각하는 습관을 가져보자. 특정 상황에 몰두할수록 좁은 시야로 상황을 바라보게 된다. 한 가지 방향과 좁은 시야로 상황을 바라보려 하면, 좋은 생각을 해내기 힘들다. 그렇기에 좋은 생각을 해내고 싶다면, 특정한 것에 너무 집착하지 않도록 주의해야 한다.

불안한 미래를 극복할 수 있는 가장 좋은 방법은 미래에 더 나은 사람으로 살 수 있도록 지금의 나 자신을 발전시키는 일이다. 걱정을 만들고 키우는 것은 결국 나의 생각이다. 지금 내가 하는 걱정에 조금이라도 도움을 줄 수 있는 것은 지금 할 수 있는 일들을 찾고, 그 일에 최선을 다하는 것이다.

불안감과 동행하는
마음을 가지자

사람이 불안감을 느끼는 이유는 원하는 것이 존재하기 때문이다. 내가 원하는 것이 없다면 불안감을 느낄 이유가 없다. 안전하고 싶기에 안전하지 못한 것에 불안감을 느끼고, 잘하고 싶기에 잘하지 못할 것에 대한 불안감을 느낀다. 사람이 숨을 쉬고 있는 동안에는 원하는 것은 항상 존재하게 될 수밖에 없다. 따라서 그에 따른 불안감도 항상 존재하게 된다. 그렇기에 사람이 불안감을 느끼는 것에 대해 자연스러운 일로 받아들일 수 있어야 한다.

사람에게 있어 불안감은 엔진과 같다. 사람은 불안감을 느끼기에 움직이게 되고 그에 따른 발전도 하게 된다. 인류가 발전하는 역사를 살펴보더라도 안전하려는 바람이 있었기에 지금의 안전한 주거 환경이 만들어지게 되었다. 만약 사람이 불안감을 느끼지 못했다면 지금만큼의 발전은 하지 못했을 것이다. 따라서 불안감을 성장의 동력으로 활용하려는 생각을 가져보자. 불안감을 잘 활용하면 내 삶의 좋은 동행자가 되어줄 것이다.

　이제는 불안감을 거부할 것이 아니라 불안감을 통해 나는 무엇을 원하고 있는 사람인지를 깨달아 보자. 불안감의 뿌리 속에는 내가 진정으로 원하는 것들이 숨겨져 있다.

잘하고 싶은
생각부터 비워내자

사람이 제 실력을 발휘하기 위해서는 마음이 경직되어 있지 않아야 한다. 잘하고 싶은 생각이 너무 강하면 마음이 경직되게 된다. 그 결과로 자신만의 밸런스가 무너지게 되는 것이다. 결과적으로 잘하려는 생각이 잘하지 못하도록 만들어 버리는 셈이다. 그렇기에 내가 정말 잘하고 싶다면 제일 먼저 잘하고 싶은 마음부터 비워내야 한다.

마음을 가볍게 하고 싶다면 과정에 충실하려는 생각을 가져보자. 과정에 집중하다 보면 불필요하게 들어간 힘이 빠질 것이다. 좋은 결과는 과정에 충실할 때 만들어진다.

긴장을
풀기 위해서는?

야구 중계를 보다 보면 실점 위기에 놓인 투수에게 중계진이 해주는 이야기가 있다. 그 이야기는 바로 '상황을 너무 의식하지 말고 자신만의 투구를 해야 한다'는 이야기이다. 이처럼 사람은 상황과 결과를 너무 의식하게 되면 가지고 있던 밸런스가 무너지게 된다. 그 결과로 제대로 된 실력을 발휘할 수 없게 되는 것이다.

긴장을 풀기 위해서는 과정에 집중하려는 생각을 가져야 한다. 이런저런 상황을 미리 생각하기 때문에 긴장이 되는 것이다. 결과는 과정에 충실한 이후의 이야기이다. 따라서 지금 걱정할 이야기가 아닌 것이다. 지금 내가 할 수 있는 일은 내 앞에 주어진 일에 최선을 다하는 일이다.

미련이
미련을 남긴다

과거에 미련이 남는 이유는 그 과정에 최선을 다하지 않았기 때문이다. 자신이 정말 최선을 다했다고 느낀다면 어떤 결과가 나타나든 미련이 남지 않는다. 그렇기에 앞으로의 삶에 더 이상 미련을 남기고 싶지 않다면 매 순간 최선을 다하려는 생각을 가져야 한다.

과거의 미련에 사로잡혀서 지금 이 순간에 최선을 다하지 못하면 지금 이 시간도 미련으로 남기는 시간이 되고 말 것이다. 지금 우리가 할 수 있는 일은 과거의 후회를 되풀이하지 않도록 지금 이 순간에 최선을 다하는 일이다.

무기력감은
성장이 멈췄을 때 찾아온다

사람이 느끼는 무기력감은 성장이 멈췄을 때 찾아온다. 사람은 성장을 하면서 삶의 열정과 에너지를 얻게 된다. 안일한 생각으로 성장이 멈춰 있게 되면 어느 순간 삶의 열정과 에너지는 식고 고갈되고 말 것이다. 따라서 무기력감을 느낄 때는 가만히 쉴 것이 아니라 자신을 발전시킬 수 있는 무언가를 찾고 시도해 보아야 할 때이다.

무기력감에서 벗어나고 싶은 지금 이 순간이 내 삶을 발전시킬 수 있는 좋은 터닝 포인트가 되어줄 것이다.

두려움을 극복하기
위해서는?

사람이 무언가를 할 때, 두려움을 느끼는 이유는 타인의 시선 때문에도 아닌 자기 자신을 믿지 못하기 때문이다. 내가 나를 온전히 믿어주고 있다면 어떤 상황에서도 위축되거나 흔들리지 않는다. 내가 나를 불신하고 있기에 타인도 나를 그렇게 바라볼 것이라 여기며 쉽게 위축되고 두려움을 느끼게 되는 것이다.

모든 두려움은 내가 나를 바라보는 시선으로부터 비롯된다는 것을 깨닫자. 항상 무언가를 시작하기 이전에 나부터 나를 믿어주려는 마음을 가지자. 사람은 자신을 믿어주는 만큼 능력을 발휘할 수 있게 된다.

마음이
공허할 때

마음이 공허한 이유는 내가 내 마음을 알아주고 있지 못하기 때문이다. 자신의 속마음을 알아주지 못하게 되면 내 마음에 내가 머무를 수 있는 자리가 사라지게 된다. 내 마음에 내가 없기 때문에 공허함을 느끼게 되는 것이다. 마음의 공허함을 해결할 수 있는 것은 자기 자신과의 원활한 소통이다.

더 이상 내가 머물러 있어야 할 내 마음의 자리에 타인을 앉혀놓지 말자. 내가 가장 신경 써주어야 할 감정은 타인의 감정이 아니라 나의 감정이다.

미루고 싶은
마음이 든다면?

계속 일을 미루고 싶은 마음이 생기는 이유는 마음에 부담이 크기 때문이다. 하려는 일에 대해서 '해야 한다'는 의무감이 강하거나 '잘해야 한다'는 압박감이 강하면 마음에 힘이 들어가게 된다. 마음에 부담이 크기 때문에 회피하고 싶어지는 것이다. 그렇기에 미루고 싶은 마음을 해결하기 위해서는 의무감과 압박감을 줄여나가야 한다.

마음을 가볍게 하기 위해서는 해야 할 필요성을 외부에서 찾는 것이 아닌 자기 자신으로부터 찾으려는 자세가 필요하다. 누군가에게 보여주기 위한 것이 아니라, 내가 정말 원하고, 내가 정말 필요해서 한다는 생각으로 임해야, 즐기는 마음으로 임할 수 있게 된다.

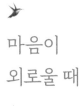

마음이
외로울 때

사람이 인간관계를 가장 잘할 수 있을 때는 혼자 있어도 외롭지 않을 때이다. 그 이유는 타인의 반응에 연연해 하지 않기 때문이다. 타인의 반응에 연연해 하면 마음이 경직될 수밖에 없다. 이것은 상대에게 고스란히 전달된다.

사람이 외로움을 느끼게 되는 이유는 무엇일까? 그 이유를 생각할 때, 타인에게 관심을 받지 못해서 발생되는 것이라 생각할 수 있겠지만 사실은 자기 자신에게 관심을 가져주지 못함으로 발생되는 것이다. 사람은 자신에게 관심을 가져주지 못하는 부분만큼 타인의 관심을 바라게 된다. 따라서 자기 자신과의 소통이 원활하다면 혼자 있어도 외롭지 않게 된다.

자기 자신과의 소통의 결핍은 타인이 온전히 해소시켜 줄 수 없다. 따라서 외로운 마음이 생겼을 때는 누군가를 찾기 이전에 자기 자신과의 관계를 먼저 돌아봐야 한다. 자신과의 관계가 원활할 때 타인과의 관계도 원활할 수 있게 된다. 외로운 마음에 사람을 찾게 되면 결국 서로에게 상처만 남게 된다.

누군가를 비난하고 싶은
마음이 들 때

누군가를 비난하기 전에 먼저 생각해 보아야 할 것이 있다. 그것은 바로 내가 타인을 비난하려는 이유이다. 사람은 무언가 얻고 싶은 마음이 있기에 그렇게 생각하고 움직인다. 따라서 내가 타인을 비난하면서 얻으려는 것은 무엇인지에 대해서 생각해 볼 필요가 있다.

사람은 자신을 있는 그대로 인정해 주지 못하거나 열등감에 빠져 있게 되면 타인을 비난하고 싶어진다. 그 이유는 타인을 비난하고 나면 나는 그 모습에서 자유로운 것 같은 편안함을 느낄 수 있고, 자신이 조금 더 우월해지는 느낌을 받을 수 있기 때문이다.

자존감이 높은 사람은 타인을 비난하는 것에 그렇게 열을 올리지 않는다. 그 이유는 그렇게 움직여야 할 필요성을 느끼지 못하기 때문이다. 따라서 내가 타인을 비난하려 하기 이전에 '나는 왜 타인을 비난하려 하는 것인가?'를 생각해 볼 필요가 있다. 타인을 비난하고 싶어 하는 마음의 이면에는 자기 자신을 못마땅하게 여기는 마음이 숨겨져 있다. 자신을 바라보는 태도에 따라서 타인을 바라보는 태도가 달라진다.

누군가를 비난할 수는 있다. 하지만 내가 타인을 비난하려는 근본적인 이유에 대해서는 한 번쯤은 생각해 볼 필요가 있다. 단순히 타인의 그 행위 자체를 비난하고 싶은 것인지? 아니면 자신의 결핍을 채우기 위해서 비난하고 싶은 것인지?

억압하면
그 모습은 더 강해진다

사람은 '자유의지'라는 것이 있다. 그래서 통제나 억압을 받게 되면 반발심이 일어나게 된다. 자발적으로 하고 싶은 게 있더라도 누군가 하라고 강요하게 되면 갑자기 하기 싫어지는 이유가 이 때문이라고 할 수 있다. 그런데 이러한 심리는 자기 자신을 대할 때도 적용이 된다. 자신의 모습을 억압하게 되면 그 색깔은 더 강해지게 된다. 오히려 자신의 모습을 있는 그대로 인정하고 받아들이고 나면 그 색깔이 옅어지는 것을 느낄 수 있다.

이처럼 자신을 잘 다스리고 싶다면 먼저는 자기 자신을 있는 그대로 받아들일 수 있어야 한다. 있는 그대로 받아들일 때, 그 모습이 내가 다룰 수 있는 영역 안의 모습이 된다. 감정을 다스리는 부분에서도 마찬가지다. 감정을 잘 다스리고 싶다면 자신의 감정을 있는 그대로 받아들일 수 있어야 한다. 감정을 억압하게 되면 그 감정은 더욱 강해질 것이다.

자책을
하는 이유?

사람이 자책을 많이 하게 되는 이유는 자신이 바라는 '이상적인 나의 모습'과 '지금의 나의 모습'과의 차이가 크기 때문이다. 더 나아가 타인에게 보였으면 하는 나의 모습과의 차이가 크기 때문이라고 할 수 있다. 내가 타인에게 보이고 싶은 모습이 있는데 그렇게 보이지 못하니 자책을 하게 되는 것이다.

자책은 자신을 더 나은 모습으로 변화시켜 주지 못한다. 그 이유는 진정한 능력은 자기 자신을 믿어주고 존중함으로 발휘되기 때문이다. 자신의 능력을 더욱 발휘하기 위해서라도 자기 자신을 더욱 사랑하는 방법을 배워나가야 한다. 우리가 사랑해야 할 대상은 이상 속의 자기 자신이 아니라 현재의 자기 자신이다.

자신에게 좋은 사람이 되어줄 때, 타인에게도 좋은 사람이 되어줄 수 있다.

고립감을
해소하기 위해서는?

사람은 누구나 각자의 상황과 성향에 맞는 고통을 극복하며 삶을 살아간다. 이런 삶 속에서 때로는 타인이 겪은 고통의 이야기가 필요할 때가 있다. 그때가 바로 '나만 이런 고통스러운 삶을 살고 있는 것' 같은 느낌을 받을 때이다. 이때 듣게 되는 타인이 겪은 고통의 이야기는 마음에 큰 위안을 준다. 또한 그 고통을 극복한 스토리를 통해 큰 감동과 에너지를 얻게 된다.

나만 이런 삶을 사는 것 같은 고립감이 찾아올 때는, 고통이 없는 삶은 없다는 사실을 깨닫기 위한 활동을 해보자. 고통을 극복한 사람들의 이야기를 읽어보거나, 그러한 영상을 보면서, 모두가 각자만의 고통을 극복하며 살아가고 있다는 사실을 느껴보는 것이다.

삶의 고통에서 자유로운 사람은 아무도 없다. 각자의 상황과 성향에 따라서 그 모양만 다를 뿐이다. '누구의 고통이 더 큰 것인가?'

는 판단할 수 없다. 그 이유는 고통을 느끼는 것은 주관적인 영역이기 때문이다.

우리는 단지 이러한 고통을 함께 나눌 수 있는 사람이 있다는 것 자체에 감사함을 가져야 한다.

우리의 생각이
감정을 키운다

감정을 키우는 것은 발생된 상황 자체가 아니라 그것을 해석하는 우리의 생각이다. 그 상황 대해서 내가 어떤 의미를 부여하는지에 따라서 내가 느끼는 감정이 달라지게 되는 것이다. 불필요한 생각과 감정을 잠재울 수 있는 방법은 그 상황 자체를 있는 그대로 받아들이는 것이다. 인정하고 받아들였을 때 문제의 본질을 발견할 수 있고 그에 맞게 해결책을 생각할 수 있다. 이것이 어떤 상황에서도 차분해질 수 있는 방법이다.

처음에는 엄청 커 보였던 일도 받아들이고 나면 생각보다 별일 아닌 것처럼 보여지는 일들이 많다. 결국 상황을 부정하고 싶은 우리의 생각이 상황을 커 보이게 만드는 것이다.

마음의 병을
예방할 수 있는 방법은?

마음의 병이 무서운 이유는 소리 없이 찾아오는 병이기 때문이다. 육체적으로 몸이 아픈 것은 통증이 있어서 초기에 발견할 수 있지만 마음이 병들어 가는 것은 느껴지지 않기에 정말 심각해진 후에야 발견이 된다.

마음의 병을 예방할 수 있는 방법은 평소에 자신과 원활히 소통하는 것이다. 대부분의 마음의 병은 자신의 감정을 무시하거나 억압하게 되면서부터 생겨난다. 감정의 억압은 자신과의 소통을 단절시킴으로 공허함, 무기력감, 외로움과 같은 감정들이 쌓이도록 만든다. 결국은 쌓였던 응어리들이 터지면서 마음의 병으로 이어지게 되는 것이다. 내면의 응어리를 풀어줄 수 있는 방법은 자신의 속마음을 알려고 노력하는 것이다.

평소에 자신의 속마음을 잘 모르겠다는 생각이 많이 든다면, 자신에 대한 관심이 부족했다는 사실을 알아차려야 한다. 나의 내면이 진정으로 바라는 것은 타인의 관심이 아니라 나의 관심이다. 건강한 내면을 결정하는 것은 타인과의 관계가 아니라 바로 자기 자신과의 관계이다.

감정이 좋지 못할 때는
휴식을 취하자

감정은 내면 상태를 알려주는 신호이다. 몸이 지치게 되면 내면 상태도 좋지 못하게 변한다. 그래서 몸이 지치면 감정 또한 좋을 수 없다. 따라서 감정을 관리하기 위해서는 충분한 휴식도 필요하다. 전체적으로 감정이 부정적일 때는 감정을 억지로 조절하려 하지 말고 충분한 휴식을 취해주자.

좋은 결과물은 좋은 판단력에서 만들어진다. 좋은 판단력은 건강한 내면 상태에서 얻을 수 있다. 감정이 좋지 못한 상태에서는 좋은 판단력이 나오기 힘들다. 따라서 몸이 지쳐 있고 감정이 좋지 못할 때는 오래 생각하려 하지 말고 그냥 휴식을 취하자.

Part 3

인간관계는 결국
자기 자신과의 관계이다

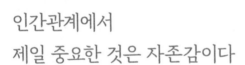

인간관계에서
제일 중요한 것은 자존감이다

사람이 인간관계를 맺게 될 때, 가장 많은 영향을 주는 것이 그 사람이 가진 자존감이다. 그 이유는 자존감의 척도에 따라서 타인을 대할 때의 태도가 달라지기 때문이다. 사람은 인정을 받고 싶어 하는 욕구가 있다. 내가 나를 인정해 주지 못하면 그 결핍을 타인을 통해 채우려고 한다.

나의 자존감이 낮으면 낮을수록 타인에게 인정받기 위해 노력하게 된다. 그래서 타인의 반응에 민감해질 수밖에 없다. 이와 반대로 자존감이 높을 경우 타인의 반응에 연연해 하지 않는다. 그래서 상대에게 휘둘리지 않고 안정적으로 관계를 맺어갈 수 있는 것이다.

자존감에 따라서 타인에게 베풀어 줄 때의 의도 또한 달라진다. 자존감이 높은 사람의 경우 자신의 긍정적 영향력이 상대에게 전달되길 바란다. 따라서 상대에게 베풀어 주는 것 자체만으로 기쁨을 느낀다. 그에 따른 보답의 여부에 대해서는 상대의 선택으로 받아들인다. 이와 반대로 자존감이 낮은 사람의 경우에는 상대가 관심 가져주길 바라는 목적으로 베풀어 주는 경우가 많다. 따라서 상대가 자신의 기대만큼의 반응을 해주지 않으면 섭섭함을 느낀다. 그래서 자존감이 낮은 사람들의 친절 속에는 관심받지 못하는 것에 대한 불안감이 담겨져 있다.

이처럼 자존감의 척도에 따라서 타인을 대할 때의 의도가 달라진다. 인간관계의 틀을 변화시키기 위해서는 단순히 인간관계 기술을 배우는 것이 아니라 자기 자신과의 관계를 변화시켜 가야 한다. 인간관계의 뿌리는 자기 자신과의 관계 속에 있다. 뿌리가 변하지 못하면 똑같은 틀을 벗어날 수 없다.

사람은 내가
보고 싶은 대로 보인다

현재 자신이 바라보고 있는 타인의 모습이 그 사람의 전부라고 단정 지어서는 안 된다. 그 이유는 나에게 보이는 타인의 모습은 내가 가진 지식, 경험, 감정 등을 바탕으로 상대를 해석하는 것에 불과하기 때문이다. 사람은 자신이 가진 역량만큼 타인을 해석할 수 있게 된다. 그래서 성숙하지 못한 사람이 성숙한 사람을 알아볼 수 없다. 먼저는 내가 성숙해야 성숙함을 알아볼 수 있는 눈이 생긴다.

내가 더 나은 사람으로 성장하면 기존에 알았던 사람들도 다르게 보이기 시작한다. 그 이유는 사람을 바라보는 기준이 변했기 때문이다. 따라서 타인을 쉽게 판단하기 이전에 나는 어떤 사람인가를 먼저 생각할 수 있어야 한다.

상대를
이해한다는 것

상대를 이해한다는 것은 상대가 살아오며 형성된 시각을 이해하려 한다는 것과 같다. 각자가 처한 상황은 같을지라도 각자의 생각이 다를 수밖에 없는 이유는 상황을 해석하는 기준이 다르기 때문이다. 이러한 기준은 각자가 가진 성향과 경험을 통해 만들어진다.

내가 가진 시각만으로 상대를 해석하려 한다면 당연히 이해가 안 되는 부분이 존재할 수밖에 없다. 타인과 나는 성향과 경험이 다르기 때문이다. 나에게도 그렇게 생각할 수밖에 없었던 이유가 존재하듯이, 상대에게도 그렇게 생각할 수밖에 없었던 이유가 존재한다. 상대를 이해하기 위해서는 상대가 그렇게 생각할 수밖에 없었던 이유를 알려고 해야 한다.

다양한 사람들과 소통할 수 있는 사람은 다양한 생각을 담아낼 수 있는 사람이다. 이것이 가능하기 위해서는 상대를 틀리다가 아닌 다르다는 관점으로 바라볼 줄 알아야 한다. 자신의 생각만을 고집하고 자신의 시각 안에서만 상대를 해석하려 한다면 제대로 된 소통이 이루어질 수 없다.

상대의 시각을 이해할 수 있으면 불필요한 마찰을 줄일 수 있을 뿐더러 내 마음이 힘들지 않다.

먼저 나부터
나를 대접할 줄 알아야 한다

　을이 되는 인간관계가 반복된다면 나부터가 나를 업신여긴 것은 아닌지를 살펴볼 필요가 있다. 을이 되는 인간관계의 본질적 이유는 낮은 자존감에 있다. 자기 자신을 가치 있는 존재로 여기지 못하기 때문에 상대도 나를 업신여길 거란 생각을 가지고 있다. 그래서 상대의 눈치를 살피게 되고 상대에게 잘해주어야 관계가 유지될 것 같은 느낌을 받게 되는 것이다.

　건강한 인간관계는 자기 자신을 우선순위로 둘 수 있는 관계이다. 이러한 관계를 만들기 위해서는 누구보다 자기 자신을 존중할 수 있어야 한다. 자신을 진정으로 존중할 수 있는 사람은 타인이 함부로 대하지 못한다. 타인에게 대접받고 싶다면, 먼저 나부터 나를 대접해 주려는 마음을 가져야 한다.

사람의 무게감은
어디서 결정될까?

사람의 무게감은 자신을 사랑하는 깊이에서 결정된다고 할 수 있다. 그 이유는 사람은 책임질 수 있는 만큼 사랑할 수 있기 때문이다. 그래서 자신을 진정으로 사랑하는 사람은 책임감을 기반으로 생각을 하기 때문에 말과 행동이 절대 가볍지 못하다. 또한 자신을 존중하는 만큼 타인도 존중할 줄 알기에 말과 행동에 배려심이 담겨 있다.

자신을 사랑하지 못하고, 자신을 존중하지 못하는 사람일수록 말과 행동이 가벼워질 수밖에 없다. 그 이유는 타인에게 인정받고 싶은 욕구가 강하기 때문이다. 타인에게 자신을 과시하려는 심리의 이면에는 자신에 대한 결핍이 존재한다. 빈 깡통이 요란한 것처럼 내면이 비어 있게 되면 사람은 요란하게 변하게 된다. 자신을 사랑하고 존중하려는 마음이 우리의 내면을 채워주고 무게감을 만들어 준다.

나부터 나를 믿어주려는
마음을 가지자

상대를 신뢰하는 데 있어서 그 사람의 분위기는 큰 비중을 차지한다. 타인에게 신뢰를 줄 수 있는 분위기를 형성하는 데 있어 가장 큰 비중을 차지하는 것이 바로 자신감이다. 자신감 있는 사람에게는 여유로움과 안정감이 느껴진다. 아무리 지식수준이 높더라도 그 말에 자신감이 없으면 상대는 불신하게 된다. 자기 자신도 믿지 못하는 사람을 타인이 신뢰하기란 어렵다.

타인에게 믿음을 호소하기 전에 먼저 나부터 나를 믿어주려는 마음을 가지자. 모든 두려움은 내가 나를 믿지 못하는 데서 비롯된다.

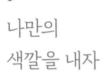

나만의
색깔을 내자

모든 사람은 각자만의 고유한 색깔을 가지고 태어났다. 아름다운 그림을 그리기 위해서 다양한 색깔이 필요한 것처럼 조화로운 사회를 만들기 위해서는 다양한 색깔을 가진 사람들이 필요하다. 사회에는 각자의 역할이라 할 수 있는 직업이란 것이 있다. 각각의 직업에는 맞는 성향이란 것이 존재한다. 따라서 사회에는 다양한 성향의 사람들이 필요하다. 모든 성향에는 각각의 장단점이 있고 저마다의 필요성이 존재한다. 그렇기에 성향의 우열은 없다고 할 수 있다.

그림을 그림에 있어, 색깔에 따라서 활용되는 부분이 달라지게 되는 것처럼, 사회에서도 그 사람의 성향에 따라서 맞는 역할이 달라진다고 할 수 있다. 따라서 나의 성향과 개성이 분명 요구되는 부분이 있을 것이다. 나다운 삶의 그림을 그리기 위해서는 이것을 알아가야 한다. 내가 가진 성향과 개성이 빛을 발하기 위해서는 자신에 대해 잘 알아야 하고, 자신을 가치 있는 존재로 바라볼 수 있어야 한다. 내 색깔의 가치는 자기 자신만이 발견할 수 있다.

　나답게 어우러질 수 있는 삶의 그림이 가장 아름다운 그림이다. 아름다운 삶의 그림을 만들기 위해 '나'라서 할 수 있는 것들을 잘 찾아보자.

자신을 사랑하는 만큼
타인을 사랑할 수 있다

사람마다 사랑을 생각하는 기준과 표현방식이 다르다. 그 이유는 사람마다 가지고 있는 사랑이 다르기 때문이다. 사람은 자신을 대하는 태도를 타인에게 그대로 적용하며 바라본다. 그래서 사람은 자신을 사랑할 수 있는 만큼 타인을 사랑할 수 있게 된다. 상대에게 좋은 사랑을 주고 싶다면 먼저 자신을 사랑하는 방법부터 배워야 한다.

사랑은 평가하지 않고 있는 그대로를 소중히 여길 수 있는 마음이다. 상대의 있는 그대로를 수용하기 위해서는 자신을 수용하는 범위를 넓혀가야 한다. 자신을 수용하지 못하는 부분이 많으면 많을수록 상대를 바라볼 때 눈에 거슬리는 부분이 많아질 수밖에 없다.

사람은 자신이 알고 있는 만큼을 최고의 사랑이라고 믿는다. 따라서 내가 알고 있는 만큼의 사랑이 사랑의 전부라고 말할 수 없다. 우리는 더욱 자신을 사랑함으로 더 좋은 사랑을 알아가야 한다. 누군가에게 더 좋은 사랑을 줄 수 있다는 것 자체가 나를 더 행복하게 만들어 줄 것이다.

사랑은 단순히 지식으로 학습할 수 있는 차원이 아니다.

상대를
정말 사랑한다면?

상대를 진정으로 사랑한다면 단순히 잘해주는 차원을 넘어 자신이 더 나은 사람이 되려고 노력한다. 그 이유는 상대가 너무 소중하기 때문에, 더 좋은 사랑을 주고 싶고, 더 좋은 사람으로 곁에 있어주고 싶기 때문이다. 그래서 사랑은 사람을 성장하도록 만들어 준다.

내가 어떤 사람인지에 따라서 줄 수 있는 사랑이 달라진다. 더 좋은 사랑을 줄 수 있는 사람이 되도록 끊임없이 노력해 가는 것이 상대를 진정으로 사랑하는 방법이다.

상대를 통제하려 하는 것은
사랑이 아니다

사랑은 상대의 있는 그대로의 모습을 인정해 주고 존중할 수 있는 마음이다. 그래서 사랑은 상대를 존중하는 마음이 기본이 되어야 한다. 상대를 존중해 주지 못하고, 상대를 내 뜻대로 바꾸려 하는 것은 사랑이라고 말할 수 없다. 한 가지 예시로 "너 없으면 죽을 거야"라는 말을 잘 살펴보자. 얼핏 보면 상대를 그만큼 사랑한다는 것으로 보일 수도 있다. 하지만 그 의도를 잘 살펴보면 사랑이란 명목으로 상대를 내 뜻대로 움직이게끔 만들려 하는 협박의 말이다.

모든 사랑은 자신을 사랑하는 마음으로부터 비롯된다. 자신을 존중하지 못하면 상대 또한 존중할 수 없다. 존중이 바탕이 되지 못한 사랑은 상대를 소유하는 대상으로 바라보게끔 만든다. 상대가 나를 떠나는 것까지라도 존중하려는 마음이 있어야 건강한 관계를 만들어 나갈 수 있다. 내가 정말 상대를 소중히 여긴다면 상대를 소유하려 하지 않는다.

자신을 수용하는 만큼
타인을 수용할 수 있다

타인을 받아들일 수 있는 범위는 자신을 받아들일 수 있는 범위에 의해서 결정된다. 그 이유는 사람은 자신을 대하는 잣대를 가지고 타인을 바라보기 때문이다. 그래서 자신을 인정해 주지 못하고 억압하면 타인을 바라볼 때도 똑같이 그 모습을 인정해 주지 못하고 억압하게 된다. 자신을 비난하는 영역이 많아질수록 타인을 비난하는 영역도 많아질 수밖에 없다.

이처럼 타인을 수용하는 범위를 넓히기 위해서는 자신을 수용할 수 있는 범위를 넓혀야 한다. 하지만 자신을 받아들이는 것은 생각보다 쉽지 않다. 그 이유는 자신이 바라는 이상적인 모습과 현재 자신의 모습과의 차이가 존재하기 때문이다. 그럼에도 불구하고 자신을 받아들였을 때, 자신을 더욱 사랑할 수 있게 되고, 더 나아가 타인도 더욱 사랑할 수 있게 된다.

좋은 사랑은 자신을
사랑하도록 만든다

진정한 사랑은 상대의 있는 그대로의 모습을 인정하고 소중히 여겨주는 것이다. 상대를 내 뜻대로 바꾸려 하는 것은 진정한 사랑이라 말할 수 없다. 타인에게 이런 사랑을 받게 되면 자신의 있는 그대로의 모습을 더욱 사랑할 수 있게 된다. 여기서 본질은 타인에게 사랑을 받아서 자신을 사랑하게 되는 것이 아니라 자신을 바라보는 태도가 변했다는 데 있다. 자신을 사랑한다는 것은 결국 내가 나를 어떻게 바라보는지에 의해서 결정되는 것이기 때문이다. 상대가 나의 있는 그대로를 사랑함으로 자신의 있는 그대로의 모습을 더욱 사랑할 수 있게 되는 것이다.

모든 사랑은 자신을 사랑하는 마음에서 비롯된다. 내가 나를 사랑하는 깊이만큼 상대를 깊이 있게 사랑할 수 있게 된다. 좋은 사랑은 상대가 자기 자신을 더욱 사랑할 수 있도록 만들어 주는 사랑이다.

신뢰와 믿음은
강요로 이루어지는 것이 아니다

서로에 대한 신뢰와 믿음은 단순히 말로만 형성되는 것이 아니다. 상대에게 했던 말들을 책임감 있게 지켜나가는 모습을 통해서, 상대에게 신뢰와 믿음을 줄 수 있게 된다. 따라서 내 말이 타인에게 효력이 있으려면 평소에 나의 말과 행동이 중요하다.

상대가 나를 믿어주지 못한다는 것은 그만큼 내가 상대에게 신뢰와 믿음을 줄 만한 모습을 보이지 못했다는 것이다. 상대에 대한 신뢰와 믿음은 그 사람과 있었던 경험을 통해 형성된다. 그렇기에 상대가 나를 믿어주지 못하는 것에 대한 불만을 가지기 이전에 자신의 행위를 돌아볼 줄 알아야 한다. 말은 누구나 쉽게 할 수 있지만 그 말을 책임감 있게 지키는 것은 아무나 할 수 없다.

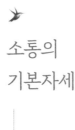

소통의
기본자세

소통은 서로의 마음이 연결되는 것이라고 할 수 있다. 내 마음이 타인과 연결되기 위해서는 상대의 마음을 알려고 해야 한다. 내가 상대의 마음을 알려고 하지 않는다면 소통이 원활히 이루어질 수 없다. 결국 각자의 이야기만 하게 될 것이다. 서로의 마음에 관심을 가지고 알려고 할 때, 비로소 원활한 소통이 이루어지게 된다.

사람은 상대가 자신을 수용할 수 있을 거 같다는 느낌을 받게 될 때, 자신을 드러낼 수 있게 된다. 상대에게 자신을 숨기게 되는 이유는 상대가 자신을 수용하지 못할 거 같은 생각이 들었기 때문이다. 그렇기에 상대의 마음을 열고 깊은 소통을 하기 위해서는 상대의 있는 그대로를 인정해 주려는 마음을 가져야 한다. 상대를 진정으로 알려고 할 때, 상대는 마음을 열어줄 것이다.

소통을 잘하기 위해서는 입이 아니라 귀에 집중해야 한다.

말은 자신의 내면을
드러내는 행위이다

사람이 말을 가볍게 해서는 안 되는 이유는 말은 자신의 내면을 드러내는 행위이기 때문이다. 외면의 용모는 눈으로 판단하지만 내면의 용모는 귀로 판단한다. 내가 타인을 비난하는 말을 많이 하면 내가 타인을 부정적으로 해석하는 내면을 가졌다는 것을 상대에게 보여주는 행위가 된다.

타인에게 누군가의 험담을 할 때, 듣고 있는 상대방은 이런 생각을 하게 될 것이다. 이 사람이 자신의 험담도 누군가에게 할 것이란 사실을 말이다. 내가 하는 말들을 통해서 상대의 마음속에는 '나'라는 사람의 이미지가 그려지고 있다. 누군가를 욕하는 것은 결과적으로 나를 욕하는 행위이다.

결국 내가 했던 말들은 돌고 돌아 나에게 돌아온다는 사실을 기억하자. 사람의 인연은 어떻게 흘러갈지 모른다. 따라서 내가 했던 말들이 나를 발목 잡는 일이 생길 수도 있다.

상대에게 결국 오래도록 기억되는 것은 나의 외면의 용모가 아니라 나의 내면의 용모이다. 내가 했던 말들에 대해서 나는 까먹을 수 있어도 상대는 기억하고 있다. 그렇기 때문에 자신의 외면을 가꾸는 것처럼 자신의 내면을 가꾸기 위해 노력해야 한다. 좋은 말은 좋은 내면으로부터 나온다.

나보다 우선시 두어야 할 인간관계는 없다

건강한 인간관계는 서로를 존중하는 마음으로 함께 맞춰갈 수 있도록 노력하는 관계이다. 한쪽만 참고 희생하는 관계는 결코 건강한 관계가 될 수 없다. 이처럼 건강한 관계를 맺어가기 위해서 내가 가져야 하는 마음은 무엇일까? 그것은 바로 나부터가 나를 존중하려는 마음이다. 상대의 권유에 대한 답변은 오직 자신의 선택이다. 그렇기에 상대의 의사가 아닌 나의 의사가 제일 중요하다. 나부터가 나의 의사를 존중하는 태도를 보여야 상대도 나를 함부로 대하지 못할 것이다.

상대에게 희생을 요구하는 사람은 상대를 존중할 줄 모르는 미성숙한 사람이다. 이런 사람들로부터 자신을 지키기 위해서는 자신의 의사를 더욱 분명하게 전달할 수 있어야 한다. 그 요구를 들어준다고 해서 상대는 진심으로 고마워하지 않는다. 오히려 그 사람을 쉽게 보고 또 다른 요구를 해올 것이다. 그 이유는 애초에 상대를 자신의 뜻대로 움직이기 위한 소유의 대상으로 바라보고 있기 때문이다. 상대를 진정으로 존중할 줄 아는 성숙한 사람은 상대에게 희생을 강요하지 않는다.

인간관계는 내가 해줄 수 있는 범위 안에서만 해주면 된다. 그 이상으로 해주려 하는 것은 결과적으로 서로에게 좋지 못한 결과를 가져온다. 내가 참다가 힘들어지면 결국은 상대에게도 영향이 갈 것이다.

어떤 상황에서도 자기 자신을 지킬 수 있는 사람은 자기 자신뿐이란 사실을 기억하자. 세상에 나보다 우선시 두어야 할 인간관계는 없다. 자기 자신을 진정으로 존중할 수 있을 때, 결국 상대도 나를 존중하게 될 수밖에 없을 것이다. 건강한 인간관계는 자기 자신과의 건강한 관계로부터 시작된다.

타인은
나와 다르다

상대를 존중하기 위해서는 상대를 '틀렸다'가 아닌 '다르다'는 관점으로 바라볼 수 있어야 한다. 현재 내가 가진 생각과 관점은 내가 그동안 살면서 형성된 집합체라고 할 수 있다. 이것은 상대도 마찬가지다. 각자가 가진 세계관으로 서로를 바라보고 있는 것이다. 이때 세계관의 우위를 정할 수 있는 절대적 근거는 없다. 우리는 단지, 자신이 정답이라고 믿고 싶은 것뿐이다. 각자가 가진 생각에는 그렇게 생각할 만한 합당한 이유가 존재한다. 다양한 사람들과 소통할 수 있는 사람은 상대가 그렇게 생각할 수밖에 없었던 이유를 알려고 하는 사람이다.

상대는 나와 다르게 태어났고 다른 경험을 하며 자랐다. 나도 절대적 정답이 될 수 없고 상대도 절대적 정답이 될 수 없다. 그냥 서로가 다른 것이다. 서로의 다른 점을 얼마나 잘 받아들일 수 있는지에 따라서 관계의 깊이가 결정된다.

타인을 통해
생각의 범위를 넓혀가자

사람은 그동안 살면서 형성된 세계관을 기준으로 세상을 바라본다. 그래서 각자가 가진 생각에는 그렇게 생각할 만한 본인만의 합당한 이유가 존재한다. 내가 가지고 있는 세계관이 넓으면 넓을수록 세상을 바라보는 눈도 넓어진다.

타인과의 만남은 내가 가진 세계관을 넓혀갈 수 있는 좋은 기회가 되어준다. 자신만의 세계관에 갇혀서 나는 옳고 상대는 틀렸다고 바라보면 내가 가진 세계관을 넓혀갈 수 없다. 타인이 가지고 있는 세계관을 이해하고 인정해 갈 때, 내가 가진 세계관이 넓어질 수 있다.

내가 하는 조언이
타인에게 정답이 될 순 없다

모든 사람의 내면은 제각각 다르다. 그래서 행복을 느끼는 공식 또한 다르다. 이것이 사람마다의 삶의 가치관이 다를 수밖에 없는 이유이다. 그렇기에 자신의 삶에서 아무리 옳다고 여기는 것이 있더라도 이것이 타인의 삶을 놓고 보았을 때는 똑같이 정답이 될 순 없다.

삶의 주인은 자기 자신이기에 나의 선택이 곧 내 삶의 정답이 된다. 내 삶을 두고 타인이 이래라저래라 할 권리는 없다. 그렇기에 각자가 그 정답을 잘 채워나갈 수 있도록 조언이 아닌 응원이 필요하다. 내가 상대에게 내뱉는 백 마디의 조언보다 상대를 진심으로 응원하는 한 마디가 상대에게는 훨씬 도움이 될 것이다. 누구나 자신의 삶이 존중받길 원한다. 내 삶이 존중받길 원하는 것처럼 타인도 마찬가지다. 타인을 존중한다는 것은 타인의 삶 그 자체를 존중한다는 것이다.

나는 타인을
변화시킬 수 없다

타인은 내가 변화시킬 수 없다. 그 이유는 사람은 자신의 행위가 자신을 힘들게 한다는 사실을 뼈저리게 느껴야 자신을 변화시키기 위해 노력하는 존재이기 때문이다. 자신을 변화시키기 위해서는 현재의 자기 자신을 깨달아야 한다. 자신의 깊은 내면을 깨닫는 일은 오직 자기 자신만이 할 수 있다. 그렇기에 내가 상대를 변화시키겠다는 생각으로 상대를 대하면, 서로에게 상처만 남길 수 있다. 어차피 나는 상대를 변화시킬 수 없다. 건강한 관계를 위해서는 이것을 받아들여야 한다. 지금 중요한 것은 현재 상대의 모습을 내가 얼마나 받아들일 수 있는지에 대한 여부이다.

사람은 누구나 자유의지란 것을 가지고 있다. 타인에게 강요나 억압을 받으면 반발심이 일어난다. 그래서 내가 상대를 변화시키려 하는 것은 오히려 상대가 변화되는 것을 방해하는 행위가 될 수 있다. 아무리 타인이 하는 말이 맞더라도 자신을 침범하는 것이 느껴지면 마음에서는 밀어내게 된다.

내가 상대를 정말 변화시키고 싶다면, 상대방이 나를 통해 긍정적인 자극을 받을 수 있도록 자기 자신을 극복하고 발전시키는 모습을 보여주자. 이러한 긍정적 에너지가 어느 순간 상대에게 스며들어 여러 가지를 생각하도록 만들어 줄 것이다. 내가 타인을 변화시킬 수는 없지만 타인에게 자극이 될 만한 긍정적인 영향력은 줄 수 있다.

모든 사람이
나를 좋아할 순 없다

우리가 모든 사람과 잘 맞을 순 없다. 개개인의 입맛이 다른 것처럼, 각자에게 있어, 잘 맞는 사람과 잘 맞지 않는 사람이 존재하기 마련이다. 타인의 입장에서도 내가 잘 맞는 사람이 될 수도 있고 잘 맞지 않는 사람이 될 수도 있다. 따라서 상대가 나를 별로 좋아하지 않더라도 그것에 너무 신경 쓰지 말자. 이것은 내가 잘못된 것이 아니라 그냥 나와 잘 맞지 않는 사람을 만난 것뿐이다. 중요한 것은 어떤 사람을 만나든 자신의 가치를 깎아내리지 않는 것이다.

모든 사람을 만족시키려 노력하다 보면 내가 가진 색깔을 잃게 되고 결국 자기 스스로 지쳐 쓰러지게 된다. 각자가 가진 성향이 다르기에 사실상 모두를 만족시키는 것은 불가능한 일이다. 차라리 나의 색깔을 누구는 좋아할 수도 있고 누구는 싫어할 수도 있다는 사실을 있는 그대로 받아들이는 것이 마음의 부담을 줄일 수 있는 방법이다.

잘 안 맞는 사람과 억지로 잘 지내려고 노력하는 것은 오히려 관계에 독이 될 수 있다. 나의 부자연스러운 모습에 상대도 불편함을 느낄 것이기 때문이다. 그냥 상대가 나와 맞지 않음을 인정하고 상대를 존중하는 마음으로 예의를 지켜주는 것이, 최소한 적은 만들지 않는 방법이다. 사람마다의 성향은 다르지만 누구나 존중받길 원한다. 자신을 존중하는 상대를 싫어할 사람은 없다.

성향은 각자 다를 수 있지만 언제나 진심은 통한다.

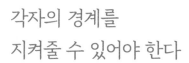

각자의 경계를
지켜줄 수 있어야 한다

사람은 누구나 타인이 침범할 수 없는 자신만의 경계선을 가지고 싶어 한다. 사람은 그 속에서 심리적 안정감을 느끼고 편하게 휴식을 취하며 재충전의 시간을 가진다. 이것은 사람의 기본적인 욕구라고 할 수 있다. 그렇기에 상대를 진정으로 존중하고 싶다면, 그 경계를 지켜줄 수 있어야 한다.

우리는 가까워졌다고 생각되는 관계일수록 그 경계를 침범하려 들기 쉽다. 그리고 가까워진 상대가 경계를 긋는 것에 대해 섭섭함을 느낄 수도 있다. 하지만 정말 가까운 관계일수록 그 경계선을 지켜주기 위해 더욱 노력해야 한다. 이것은 가깝다는 이유로 상대를 소유하려 하지 않기 위한 노력이며, 상대에 대한 예의를 잃지 않기 위한 노력이다. 상대와 정말 가깝다고 생각한다면 상대의 경계선 또한 그 사람의 일부분으로 생각할 수 있어야 한다.

내가 상대의 경계를 침범하려고 마음을 먹은 것 자체가 상대를 존중하려는 것이 아닌, 상대를 소유하려는 마음에서 비롯되었다는 사실을 깨달아야 한다. 상대와의 관계를 지키고 싶다면 상대에 대한 예의를 잃지 않도록 노력해야 한다. 건강한 관계는 서로를 존중하려는 마음이 바탕이 된 관계이다. 그렇기에 우리는 상대와 가까워질수록 상대를 소유하려는 마음을 경계해야 한다.

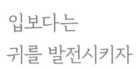

입보다는
귀를 발전시키자

사람의 마음을 얻을 수 있는 사람은 입보다는 귀가 발달된 사람이다. 우리가 그동안 어떤 사람에게 편안함을 느꼈고 자신을 잘 드러낼 수 있었는지를 생각해 보자. 그 사람은 자신의 생각만을 강조하며 자신의 이야기만 하는 사람은 아니었을 것이다. 우리가 마음을 잘 열 수 있었던 사람은 바로 내 이야기를 진정성 있게 들어주려는 사람이었을 것이다.

자신만의 기준을 가지고 상대를 평가하고 판단하려 한다면 상대의 이야기를 진정성 있게 들어줄 수 없다. 또한, 상대는 자신이 평가받고 있다고 느끼면 마음을 닫고 말 것이다. 사람은 상대가 자신의 있는 그대로를 인정해 주려는 것이 느껴질 때, 편안함을 느끼고 자신을 잘 드러낼 수 있게 된다. 따라서 상대가 나에게 자신의 속이야기를 잘 꺼내지 않는다면, 평소에 내가 상대의 이야기를 얼마나 잘 들어주려고 했는지를 생각해 보아야 한다.

사람의 마음을 얻고 싶다면 '어떻게 하면 상대에게 말을 잘하는 사람이 될 수 있을까?'가 아닌, '어떻게 하면 상대의 이야기를 잘 들어줄 수 있는 사람이 될 수 있을까?'를 고민할 수 있는 사람이 되어야 한다. 사람은 결국 자신에게 관심을 가져주고 자신의 있는 그대로를 인정해 주려는 사람에게 마음이 열리게 되어 있다.

경청의
자세

경청을 할 때 사람들이 가장 많이 하는 실수가 있다. 그것은 바로 상대의 말을 끊고 조언하려 하는 것이다. 대부분의 사람들이 이야기 상대를 찾게 될 때는 상대의 거창한 조언이 듣고 싶어서가 아니다. 그냥 자신의 이야기를 들어줄 사람이 필요한 것이다. 그렇기에 상대가 자신이 가진 속이야기를 꺼내게 될 때는 조언을 해주려고 하기보다는 상대가 자신이 가진 속이야기를 최대한 꺼낼 수 있도록 들어주려는 자세가 필요하다. 상대의 이야기를 평가하고 판단하려는 자세를 취한다면 상대의 마음은 닫히게 될 것이다. 상대는 차라리 이야기를 하지 않았던 것이 나았을 것이라고 생각을 할 것이다.

상대방의 이야기를 참고 들어주는 것은 결코 쉬운 일은 아니다. 하지만 이것만이 내가 상대방을 위해 해줄 수 있는 최선의 노력이다. 보통 고민에 대한 답은 이미 스스로가 알고 있다. 다만 스스로에 대한 확신이 없으니 마음이 답답한 것이고 누군가를 찾게 되는 것이다. 그렇기에 들어주는 입장에서는 상대방이 자기 스스로에 대한 확신을 가질 수 있도록 최대한 응원해 주는 것이 필요하다. 그리고 상대방의 이야기에 대한 적절한 질문은 상대방이 생각 정리를 하는 데 큰 도움을 줄 수 있다.

　고민을 털어놓고 있는 상대는 자신의 이야기를 끝까지 들어준 상대에게 분명 큰 고마움과 감동을 느낄 것이다. 세상에는 타인에게 조언을 해주려는 사람은 많다. 하지만 타인의 이야기를 묵묵히 들어주려는 사람은 많지 않다. 그래서 이야기를 잘 들어줄 수 있는 사람은 정말 귀한 사람이다.

타인의 고통을
함부로 판단하지 말 것

사람이 겪는 고통의 크기는 상황만으로 객관화할 수 없다. 그 이유는 고통의 크기를 결정하는 것은 상황 그 자체가 아니라, 그 상황을 해석하는 내면이기 때문이다. 이러한 내면은 그 사람의 성향과 경험이 어우러져 만들어진다. 나와 타인은 다른 내면을 가졌기 때문에 똑같은 상황을 겪더라도 고통의 크기가 같을 수 없다. 그래서 타인이 느끼는 고통에 대해서 함부로 판단하고 이야기하려 해서는 안 된다. 얼마나 아플지는 당사자만 아는 것이다.

'너보다 더한 사람도 있다'와 같은 상대의 아픔을 판단하려는 말을 하기보다는 상대가 겪은 아픔을 있는 그대로 들어주려는 자세를 가지자. 진심으로 자신의 이야기를 들어줄 수 있는 사람이 있다는 것 자체에서 상대는 큰 힘을 얻게 될 것이다.

나부터 편해야
관계도 편해진다

타인을 편하게 해주고 싶다면 나부터 편해야 한다. 내 마음이 불편한데 상대를 편하게 해주기는 어렵다. 그렇다면 상대를 만날 때, 어떻게 하면 편안한 마음을 가질 수 있을까? 그것은 바로 나답게 소통하려는 것에 집중하는 것이다.

먼저 타인과 있을 때 마음이 불편해지는 이유를 살펴보면, 상대의 반응에 지나치게 신경을 쓰고 있기 때문이다. 그렇기에 편안한 마음을 가지기 위해서는 나만큼은 나를 인정해 주려는 마음을 가져야 한다. 나에 대한 상대의 반응은 상대의 주관적인 영역이고 상대의 선택이다. 세상에 정답적인 사람은 없다. 나는 타인과 다른 것이지 틀린 것이 아니다. 그렇기에 자신의 있는 그대로의 모습에 자신감을 가지자. 자신을 진정으로 존중할 줄 아는 모습을 보일 때, 상대도 나를 존중하게 될 수밖에 없을 것이다.

상대의 반응을 지나치게 의식하면 소통에 집중할 수 없다. 어차피 상대의 반응은 상대의 몫이지 나의 몫이 아니다. 그것까지 내가 통제하려고 하니 마음에 부담이 생기는 것이다. 상대가 나를 싫어할 수도 있고 나를 좋아할 수도 있다. 이것은 어디까지나 상대의 선택이다. 중요한 것은 자신의 가치를 온전히 결정할 수 있는 사람은 자기 자신밖에 없다는 것이다.

타인이 나의 결핍을
채워줄 순 없다

마음의 결핍은 내가 나를 바라보는 시선에 의해서 생겨난다. 우리가 누군가에게 사랑을 받으면 내 마음이 치유되는 것처럼 느껴지는 이유는 타인을 통해서 자기 자신을 바라보는 시선이 바뀌었기 때문이다. 결국 본질은 타인의 시선이 아니라 자기 자신을 바라보는 시선에 달려 있는 것이다. 자기 자신에게 무관심하고 자기 자신을 무가치하게 여긴다면 마음의 결핍은 생겨날 수밖에 없다.

자신을 진정으로 사랑할 수 있는 사람은 혼자 있어도 외롭지 않다. 그만큼 타인의 관심의 유무와 상관없이 자기 자신을 소중히 여겨주고 있기 때문이다. 아무리 타인의 관심을 많이 받아도 내가 나를 가치 있는 존재로 여기지 못하고, 소중히 여기지 못한다면 그 결핍은 온전히 해소되지 않는다. 그렇기에 마음의 결핍을 본질적으로 해결하고 싶다면 타인에게 관심받기 위해 노력할 것이 아니라, 나에게 관심을 가져주기 위해 노력해야 한다.

모든 마음의 결핍은 자기 자신과의 관계를 통해서 만들어진다는 사실을 기억하자. 자기 자신을 진정으로 사랑할 수 있게 될 때, 타인도 진정으로 사랑할 수 있게 된다.

망설이지 말고
이야기하자

상대에게 서운한 일이 생겼거나, 상대가 나를 불편하게 하는 행위를 할 때는 망설이지 말고 이야기를 해주는 것이 좋다. 이것은 상대와의 관계를 지키기 위함이다. 지금 당장은 그 말을 하는 것이 관계를 불편하게 만드는 것이라 생각할 수 있겠지만, 사람의 마음이란 게 참으면 언젠가는 한계가 오기 마련이다. 그동안 쌓아둔 것들이 터지게 되는 상황이 찾아오면 관계는 관계대로 끊어지고 서로에게 상처만 남게 된다.

인간관계를 지켜줄 수 있는 것은 잘 참는 것이 아니라 서로 소통하는 것이다. 내가 이야기를 해주지 않으면 상대는 나의 생각을 모른다. 나도 상대에게 맞춰주려고 노력하는 것처럼, 상대도 나에게 맞춰줄 수 있도록, 나에 관한 것들을 상대에게 알려주어야 한다. 당장의 불편한 감정 때문에 눈에 보이는 문제를 외면하려 해서는 안 된다. 문제될 것은 결국은 문제가 된다. 상처가 더 곪기 전에 소통해

가는 것이 중요하다.

　상대가 나에게 진심이라면 상대는 나와 어떻게든 맞춰가려고 노력할 것이다. 이러한 상대의 태도를 통해 나에 대한 진심도 확인할 수 있다.

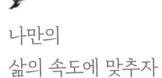

나만의
삶의 속도에 맞추자

장거리 달리기에서 좋은 성적을 내기 위해서는 자신만의 페이스에 맞추어 달려야 한다. 우리의 삶도 이와 같다고 할 수 있다. 타인의 삶의 속도에 맞추려 하다 보면 자신만의 삶의 밸런스를 잃게 되고 결국 지쳐 쓰러지게 된다.

내가 뚜렷한 가치관을 세우고 살아가고 있다면 타인의 삶과 비교하려 하지 않는다. 타인의 삶과 계속 비교하게 되는 이유는 나의 가치관이 제대로 세워져 있지 못하기 때문이다.

모든 사람들의 내면은 제각각 다르다. 그래서 추구하는 것들도 달라질 수밖에 없다. 중요한 것은 자신에 대해 잘 아는 것이다. 자신이 원하는 것들을 찾고 그에 맞게 삶의 밸런스를 맞추어 나가야 한다. 삶의 모든 가치를 타인이 아닌 자기 자신으로부터 부여하게 될 때 자신만의 삶의 밸런스를 찾아갈 수 있게 된다.

좋은 사람은
좋은 사람을 알아본다

건물의 높이에 따라서 보이는 것이 달라진다. 그래서 낮은 건물에 있는 사람들은 높은 건물에 위치한 사람들이 보고 말하는 것에 대해서 이해하고 공감하지 못한다. 사람의 내적 성장이 이와 같다고 할 수 있다. 내면이 성장한 깊이만큼 보이는 것과 말하는 것이 달라진다.

사람은 자기 자신과 공감대 형성이 잘 되는 사람과 내적 친밀감을 형성하게 된다. 그래서 결국 사람은 자신의 눈높이에 맞는 사람과 유대감을 형성하게 되는 것이다. 내가 조금 더 성숙한 사람들과 소통하고 싶다면 내가 더 나은 사람이 되기 위해 노력해야 한다. 내가 변하면 사람 보는 눈이 변할 것이고 타인에게 비치지는 나의 모습도 변할 것이다.

좋은 사람 곁에는 좋은 사람들이 모이게 된다.

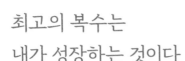

최고의 복수는
내가 성장하는 것이다

나에게 열등감을 느끼게 하는 상대에게 내가 할 수 있는 최고의 복수는 그 열등감에 힘입어 내가 더 성장하는 것이다. 상대를 시기하면서 자신을 하찮게 여기게 되면, 상대가 원하는 그림을 만들어 주는 꼴이 된다. 그렇기에 나에게 이런 마음을 느끼게 해주었던 상대에게 고마웠다고 말할 수 있을 정도로 자신을 성장시켜 보자.

나약한 사람은 자신은 노력도 하지 않으면서 상대의 노력은 우습게 여기는 사람이다. 또한, 그러한 사람은 상대가 자신의 위치까지 내려오기만을 기다리고 있는 사람이기도 하다. 여기서 중요한 것은 상대가 어떤 삶을 살든지 내 마인드가 변하지 못하면 내 삶은 변하지 않는다는 것이다.

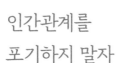

인간관계를
포기하지 말자

사람에게 생기는 대부분의 기쁨과 아픔은 인간관계에서 비롯된다. 우리를 정말 기쁘게 만들어 주는 것도 인간관계지만 정말 아프게 만드는 것도 인간관계이다. 그만큼 사람은 인간관계에 관심이 많고, 타인에게 자신의 영향력이 미치길 원한다.

대부분의 사람들이 인간관계를 포기하고 살아가려는 이유는 더이상 인간관계를 통한 아픔을 느끼고 싶지 않기 때문이다. 하지만 인간관계를 포기하게 되면 그만큼 삶에서 느낄 수 있는 기쁨도 포기를 해야 한다.

사람은 인간관계를 통해서 더욱 성숙해질 수 있고, 더욱 발전할 수 있다. 그 이유는 인간관계 속에서 생긴 아픔을 극복하기 위해 자신의 내면을 깊게 성찰하게 되기 때문이다. 따라서 지금까지의 아픔은 내가 성장하는데 좋은 밑거름이 되어줄 것이다. 큰 아픔일수록 자신의 더 많은 것들을 돌아볼 수 있도록 만들어 준다.

많이 아팠더라도 인간관계를 절대 포기하지 말자. 포기하면 지금까지의 아픔을 헛되이 하는 일이 된다. 내가 아파본 만큼 타인의 아픔도 품어줄 수 있다. 이것은 값진 경험이고 값진 나의 보물이다.

잦은 갈등을
의심하자

모든 사람은 서로 다르기 때문에 인간관계에서 갈등이 생기는 일은 자연스러운 일이다. 인간관계 속에서 갈등은 기회와 같다. 그 이유는 갈등은 서로에 대해 몰랐던 부분을 알아갈 수 있는 기회를 제공해 주기 때문이다. 서로에 대해 알고 있는 만큼 관계의 깊이도 깊어질 수 있기에 갈등이 꼭 나쁜 것만은 아니다. 하지만 너무 잦은 갈등은 의심을 해보아야 한다. 서로에 대해 어느 정도 알고 있음에도 불구하고 같은 문제가 반복된다면, 상대가 나와 맞춰갈 생각이 없다는 것에 가깝기 때문이다.

상대방이 나와 맞춰가려고 노력하고 있는 사람이라면 내가 마음이 상할 수 있는 상황 자체를 잘 만들지 않는다.

내가 주체가 되어
관계를 맺어가자

인간관계 속에서 내가 제일 중요하게 생각해 주어야 할 대상은 바로 자기 자신이다. 내가 바로 서 있지 못하면 관계의 중심은 무너진다. 그렇기에 항상 자기 자신을 존중할 줄 알아야 한다.

자신의 의사를 제일 먼저 존중할 줄 알아야 관계 속에서 내가 존재할 수 있다. 그렇기 때문에 생각의 주어는 항상 내가 되어 있어야 한다. '상대 때문에'가 아닌 '내가 원하기 때문에'로 생각할 수 있어야, '나'로서 맺어가는 관계를 만들어 갈 수 있다.

어차피 함께 보내야 하는
시간이라면?

살면서 내가 좋아하는 사람만 만나며 살아갈 수는 없다. 불가피하게 나와 맞지 않는 사람과도 시간을 보내야 하는 순간들이 찾아온다. 내가 싫어하는 사람과 만나야 하는 상황에 놓였을 때, 어떤 마인드가 나에게 조금이라도 도움이 될 수 있을까? 그 마인드는 바로 타인의 배울 점을 찾는 마인드라고 생각한다.

상대의 단점만 보려고 하면 결국 나만 힘들다. 그 사람이 가진 장점을 발견하고, 자신을 보완하고, 발전시키는 시간으로 삼는다면, 그 시간을 가치 있는 시간으로 남길 수 있다. 어차피 함께 보내야 하는 시간이라면 조금이라도 나에게 도움이 되는 방향으로 활용해 보자.

배우고 성장하는 게 결국 남는 것이다.

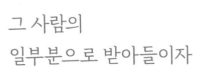

그 사람의
일부분으로 받아들이자

사람들과 관계를 맺어가다 보면 나를 힘들게 하는 부분들이 존재하기 마련이다. 하지만 그 부분도 그 사람의 일부분으로 생각할 수 있어야 한다. 내 입장에서는 그 부분이 불만일 수 있겠지만, 그냥 상대가 나와 맞지 않는 부분이 존재하는 것이다.

어차피 나는 상대를 변화시킬 수 없다. 따라서 그 부분이 내가 수용 가능한 부분인지를 생각해 보아야 한다. 상대의 있는 그대로의 모습을 인정하고 상대를 바라보면, 불필요하게 들어간 마음의 힘을 빼고, 상대를 조금 더 뚜렷하게 볼 수 있다. 내가 힘든 이유는 상대의 있는 그대로의 모습을 인정해 주지 못하고, 받아들이지 못하고 있기 때문이다.

상대를 알고 있는 만큼
사랑할 수 있다

단순히 감정으로만 이루어진 사랑은 모래성을 지은 것과 같다. 감정이 식으면 그 사랑은 쉽게 무너지기 때문이다. 사랑은 상대의 있는 그대로의 모습을 받아들이고 소중히 여겨주는 것이다. 여기서 중요한 것은 먼저는 상대에 대해 알아야 받아들일지 말지를 결정할 수 있다는 것이다.

사랑의 크기는 상대의 있는 그대로의 모습을 받아들이고 있는 범위라고 할 수 있다. 상대를 정말 사랑하고 싶다면 먼저 상대를 알기 위해서 힘써야 한다. 내가 알고 있는 상대의 모습과 실제로의 상대의 모습과는 분명 차이가 존재할 것이다. 내가 상대를 알지 못하고 사랑하는 것은, 진짜 상대의 모습을 사랑하는 것이 아니라, 자신의 상상 속의 상대를 사랑하는 것이다.

나는 상대에 대해 얼마나 알려고 하고 있는가?

좋은 말과 행동은
나를 위해서 하는 것이다

타인에게 좋은 말과 행동을 해야 하는 이유는 단순히 타인을 위해서가 아니다. 내가 하는 말과 행동을 가장 먼저 듣고 의식하게 될 사람은 자기 자신이다. 그리고 그 영향을 가장 많이 받게 될 사람도 바로 자기 자신이다. 그렇기에 좋은 말과 행동은 결국 자기 자신을 위한 행위라고 할 수 있다.

타인에게 상처 주는 말과 행동을 하게 되면 가장 먼저 내 마음이 상처받게 된다. 누군가에게 상처를 준 자기 자신을 존중하기란 어렵다. 나를 지켜보고 있는 사람은 타인뿐만이 아니라, 자기 자신도 포함된다는 사실을 기억해야 한다.

타인은 속일 수 있지만 자기 자신은 속일 수 없다. 떳떳하지 못한 행위는 자기 자신을 괴롭게 만든다. 내가 나를 불편하게 바라보는 것만큼 불편한 것은 없다. 사람이 계속 숨고 싶어지는 이유는 스스로가 떳떳하지 못하기 때문이다.

인간관계에서 믿는 사람은
내가 되어야 한다

인간관계를 편하게 맺어가기 위해서는 여유를 가지는 것이 중요하다. 여유를 잃게 되는 순간 타인에게 끌려갈 수밖에 없다. 인간관계에서의 여유는 자신을 믿는 믿음으로부터 비롯된다. 상대와의 관계가 끊어지더라도, 잘 살아갈 수 있다는 마음이 있어야 여유로운 마음을 가질 수 있다. 상대에게 집착하게 되는 이유는 상대와의 관계가 끊어지는 것을 감당할 자신이 없기 때문이다.

인간관계는 자존감이 중요하다. 자기 스스로가 그 결핍을 온전히 채워줄 수 있을 때 타인에게 집착하지 않게 된다. 어떤 누구를 만나든, 여유를 잃지 않기 위해서는, 자기 자신에 대한 믿음을 잃지 않아야 한다.

긍정적인 영향력을
주는 사람은?

진짜 긍정적인 영향력을 줄 수 있는 사람은 단순히 좋은 말을 많이 하는 사람이 아니다. 진짜 긍정적인 영향력을 줄 수 있는 사람은 끊임없이 자신을 극복하는 모습을 통해 무의식적으로 타인에게 자극을 줄 수 있는 사람이다.

사람은 큰 자극을 받으면 어떻게든 움직인다. 타인의 거창한 말은 큰 자극이 되지 못한다. 묵묵히 자신을 발전시키기는 모습이야말로, 타인에게 자극을 불러일으킬 수 있는 행위이다.

마음을 여는
속도를 맞추자

사람마다 마음을 여는 속도에는 차이가 있다. 상대와 걸음을 걸을 때, 상대의 걸음 속도에 맞추어 주는 것처럼, 상대가 마음을 여는 속도에 맞춰줄 수 있어야 한다. 사람의 마음은 열려고 한다고 열리는 것이 아니다. 그 마음을 억지로 열려고 하다 보면 오히려 닫히게 된다. 상대가 조급함을 느끼지 않게 여유 있게 기다려 줄 수 있는 사람이 성숙한 사람이다.

마음을 여는 속도도 그 사람의 일부분이란 사실을 기억하자.

인간관계는
자신을 보는 거울이다

외면의 용모를 점검하기 위해서는 거울이 필요하다. 그렇다면 내면의 용모는 어떻게 점검할 수 있을까? 그것은 바로 인간관계이다. 사람은 타인을 바라보고 있을 때, 자신이 가지고 있는 내면의 형태가 드러나게 된다. 그 이유는 사람은 타인을 바라볼 때, 자신의 내면 속에 있는 것들을 이입하며 바라보기 때문이다. 그래서 똑같은 사람을 보고 있더라도 사람마다의 해석이 다를 수밖에 없는 것이다. 내 마음이 바르지 못하면 바르지 못한 시각으로 타인을 바라보게 된다.

카메라로 사물을 깨끗이 보기 위해 카메라 렌즈를 닦아내는 것처럼, 우리가 세상을 깨끗이 보기 위해서는 자신의 내면을 깨끗이 만들어야 한다. 그렇기에 타인을 판단하기 이전에 '나는 왜 상대를 그렇게 바라보고 있을까?'를 돌아보며 자신의 내면 상태를 점검해 보아야 한다.

자신을 사랑하지 못하면
받는 사랑도 불편하다

자신을 사랑하지 못하면 타인이 주는 사랑을 있는 그대로 받아들이지 못한다. 그 이유는 '이런 나를 왜 사랑하는 걸까?' 하는 의심을 품게 되기 때문이다. 상대가 아무리 좋은 이야기를 해주더라도 그 말을 있는 그대로 받아들이지 못한다. 그리고 상대의 마음을 끊임없이 의심하고 확인하려고 한다.

'상대가 나를 싫어하지 않을까?' 하는 불안함은 본질적으로 나를 사랑하지 못하는 나의 내면에서 비롯된다는 사실을 깨달아야 한다. 모든 생각과 감정은 상대가 만드는 것이 아니라 내가 만드는 것이다.

관심이 사라진 사랑은
죽은 사랑이다

사랑의 반대말은 무관심이다. 그래서 사랑에는 관심이 바탕이 되어 있어야 한다고 할 수 있다. 지금의 사랑이 식지 않기 위해서는 끊임없이 상대에게 관심을 가져주기 위해 노력해야 한다. 오래 알고 지냈거나 나와 가깝다고 여기는 상대일수록 상대를 알아가는 것에 대해 소홀해지기 쉽다. 우리는 항상 이것에 주의해야 한다.

사랑도 노력이 필요하다. 관심이 사라진 사랑은 죽은 사랑이다. 순간순간 변해가는 상대방을 알기 위해 노력하는 것이 사랑을 지키는 방법이다. 사람은 관심을 받고 있다고 느낄 때 사랑을 받고 있다고 느낀다. 따라서 상대에게 관심을 가져주는 것 자체가 사랑의 표현이라고 할 수 있다.

사람은 죽을 때까지 자기 자신도 다 알지 못하고 죽는다. 그렇기에 내가 타인을 다 안다고 생각하는 것은 큰 착각이다. 내가 생각하

는 상대의 모습과 실제의 상대의 모습과는 분명 차이가 존재한다. 내
가 상대를 알려고 하지 않는다면 그 차이는 좁혀지지 않을 것이다.

당신은 충분히
사랑받을 만한 사람이다

사람들과 잘 못 어울린다고 해서 위축될 필요 없다. 당신이 틀린 것이 아니고 타인이 당신과 맞지 않는 사람일 뿐이다. 사람의 가치는 오직 자기 자신만이 부여할 수 있다. 내가 나의 가치를 깎지 않는 이상 나의 가치는 깎이지 않는다. 어떤 상황에서도 자신을 믿어주고 사랑할 수 있는 사람은 빛이 난다. 그렇기에 나만큼은 나를 믿어주고 사랑할 수 있는 사람이 되자.

삶에서 제일 외로운 순간은 타인에게 외면받는 순간이 아니라 나마저도 나를 외면하는 순간이다. 어떤 상황에서도 당신은 충분히 사랑받을 만한 사람이란 사실을 잊어서는 안 된다.

세상에서 나를 가장 많이 알 수 있고, 나를 온전히 사랑할 수 있는 사람은 자기 자신밖에 없다. 타인이 볼 수 있는 나의 모습은 한계점이 존재한다. 그렇기에 타인이 나의 일부분만 보고 판단하는 말에 더 이상 자신의 가치를 깎아내리지 말자.